Lorelei

En juillet 1905, à Chasseneuil, dans le Val de Loire, Julien Derouet, dix-sept ans, lycéen « entre ses deux bacs », se voit offrir des vacances merveilleusement inattendues : un séjour d'un grand mois en Allemagne. C'est la prestigieuse Mme Roy qui l'invite à les y accompagner, elle et ses filles, Brigitte, l'aînée, Blonde, la cadette, dont Julien est amoureux depuis l'enfance. Le but du voyage est Offenbach-sur-le-Main, près de Francfort, où le fils de Mme Roy, Pacome, fait son apprentissage chez un maître tanneur.

Que leur réserve ce séjour ? Qu'advient-il de cette famille, singulièrement de cet adolescent, ce jeune Français des « coteaux modérés », lorsqu'il découvre les deux Allemagne, excessives et contrastées, chez les êtres comme dans les paysages : celle de la sentimentalité et celle de la violence, celle des auberges folkloriques et celle des forêts mystérieuses, l'Allemagne romantique et l'Allemagne guerrière (1905, c'est l'année de Tanger) ?

Ne s'unissent-elles pas dans la personnification symbolique de la Lorelei, l'ondine du Rhin chantée par Brentano et Heine ? C'est sous les traits de différents visages de femmes qu'elle tentera et troublera Julien. Mais c'est par un visage viril, classiquement marqué au sabre, qu'elle l'envoûtera et le subjuguera. L'amitié des deux garçons connaîtra des affrontements d'autant plus durs qu'elle est au fond plus passionnelle ; à l'instar, peut-on dire, de la mutuelle fascination des deux peuples. Le jeune Français n'en sortira pas indemne.

Maurice Genevoix, inséparable du drame humain où sa pénétration nous entraîne, évoque les sortilèges de la forêt allemande aussi magistralement que les attraits des bois solognots, les tempêtes du Rhin aussi intensément que les charmes de la Loire.

Maurice Genevoix est né en 1890 à Decize (Nièvre). Après avoir passé son enfance aux confins de la Sologne, il entreprend des études universitaires (l'École normale supérieure) qui sont interrompues par la guerre de 14. Blessé en 1915, il est réformé.

Dans les nombreux romans qu'il écrira plus tard, apparaissent les thèmes privilégiés de son œuvre : la chasse, le monde animal, la vie rurale. En 1925, il obtient le prix Goncourt avec Raboliot. *Lauréat du Grand Prix national des Lettres, membre de l'Académie française depuis 1946, Maurice Genevoix a été le secrétaire perpétuel de l'Assemblée du quai Conti de 1958 à 1974.*

Maurice Genevoix est mort en septembre 1980.

Maurice Genevoix
DE L'ACADÉMIE FRANÇAISE

Lorelei

roman

Éditions du Seuil

TEXTE INTÉGRAL

EN COUVERTURE : illustration Christian Vicini

ISBN 2-02-009261-1
(ISBN 2-02-004836-1, 1re publication)

Première partie

I

La Grande-Rue-du-Port, à Chasseneuil, s'allonge du levant au couchant parallèlement à la Grand-Rue du bourg. C'est une voie quiète, somnolente, qui s'écarte insensiblement du fleuve et de sa lumière ventilée pour gravir, maison à maison, la pente oblique du *Coteau*. Pas de boutiques à devanture, qu'une petite épicerie en échoppe, une boulangerie, un débit de vins et tabacs (Rouge à emporter 30 centimes, Blanc, 40) devant une pompe municipale à balancier. Peu de passants à longueur de jour : une porteuse de seau en sabots, quelques vieux clopinant aux abords de l'hospice, lourde bâtisse carrée à haut comble d'ardoise surmonté d'un campanile.

C'est à partir de là que la rue s'embourgeoise. Les façades s'étalent, prennent leurs aises, laissent soudain cligner les panonceaux dorés d'un huissier, d'un notaire, la plaque gravée d'un médecin. Aucun doute : nous sommes chez les notables. Le révèlent aussi ce pied de cerf au bout d'un cordon de sonnette, ou ce heurtoir du temps de la vieille marine qui courbe, dense et lisse au beau milieu d'une porte vernie, la volute d'un dauphin de bronze.

Vieilles maisons sans style, sans avant-cour, un peu tassées mais bien assises, elles s'alignent les unes contre les autres au ras du trottoir pavé. Les rideaux, derrière les vitres, sont comme des paupières entre-closes. Les toits mordorés de tuiles plates s'abaissent comme des capuchons. De ce côté, c'est la Grande-Rue-du-Port où nous n'avons rien à faire. Le *Coteau* est de l'autre côté, au midi.

Ici, nous sommes vraiment chez nous. Heureux temps, celui où nous vivons ! Un tiers de siècle après l'Année Terrible, trente-quatre ans de paix et de stabilité, une Banque de France dont les billets républicains défient le prestige de l'or même, et pour nous, notables de Chasseneuil, douceur de vivre aujourd'hui et demain : le Coteau.

— Tu l'aimes, toi aussi ? dit Blonde.

— Puisque tu l'aimes, dit Julien.

— Un jour pareil, ce serait malheureux...

Julien s'étire sur le toit du petit lavoir mitoyen, allonge le cou pour mieux voir Blonde dans le fouillis des framboisiers. Son cœur saute. Qu'elle est jolie, levant ainsi son visage illuminé ! Ses prunelles sombres ont un éclat où la joie brûle. Blonde aux yeux noirs, la fraîche transparence de son teint en paraît plus radieuse encore.

— Blonde...

— Oui ?

— Tu sais que je t'aime ?

Elle ne dit rien, mais elle brille toute. Et elle a, de ce lustre soudain qui vient encore d'exalter son charme, une conscience qui la ravit. Il y a maintenant une semaine qu' « un tournant a marqué leur vie ». Jusque-là, depuis des années, chez Mme Roy comme chez les Derouet, on ne disait plus « Marie-Reine », ni « Julien », mais « les fiancés ». C'était une convention gentille, de part et d'autre adoptée sans y croire, une façon souriante d'oublier les distances sans pour autant les abolir. Car le Coteau a sa hiérarchie, aussi précise qu'elle est tacite. Les maisons mêmes et les jardins l'avouent. Ceux des Derouet touchent à ceux des Roy, mais le cadastre n'est pas toute la loi. Derouet père est marchand de vins en gros, et l'opinion, quoique le tenant pour riche, lui marchande la considération que devrait lui valoir sa fortune. C'est qu'il s'est enrichi, au temps du phylloxéra, dans le trafic des vins de raisins secs. Les vignerons de Chasseneuil ne l'ont pas encore oublié. Tandis que Mme Roy...

Qui oserait se permettre, de la Bonne-Dame à la Croix-de-Pierre, d'attenter à son prestige, serait-ce d'un mot, d'un silence ? La voix publique est unanime. Mme Gabrielle Roy est veuve depuis dix ans. Son jeune mari était banquier, fils et petit-fils de banquiers : un siècle presque d'une confiance institutionnelle dont le souvenir a pris au cours des ans les couleurs et l'éclat du mythe. Il est mort tragiquement à quelques pas de sa maison, là où la Grande-Rue-du-Port s'achève en cul-de-sac contre le mur des anciennes douves.

Il aimait les beaux chevaux de selle, brillait dans les concours hippiques, menait au trot attelé, par les routins de la forêt, des bêtes ardentes et difficiles. Sa jeunesse trouvait dans ces courses, dans leur fougue à bride abattue, dans un accord physique avec l'animal superbe une griserie d'autant plus exaltante qu'il en sentait la témérité.

Un soir d'avant-printemps, lumineux et serein, comme il rentrait en proie encore à l'euphorie, déjà rendu pour un nouveau bonheur à sa jeune femme et à ses trois enfants, le malheur avait frappé. A la hauteur de l'hospice, des écoliers, entre deux pavés, avaient amorcé des pétards dans la bordure du trottoir. C'était une tradition lors de la fête de l'instituteur. Des étincelles fusèrent au ras du sol vers les sabots du demi-sang. Distrait sans doute, le banquier ne les avait pas vues. Il sentit le sursaut du cheval au moment où les pétards éclataient. Et déjà, d'un galop dément, le mors aux dents et l'épouvante aux yeux, la bête se ruait droit devant elle.

Ce fut miracle qu'elle n'eût renversé personne. Des cris de femmes, le martèlement forcené des fers, des fenêtres qui s'ouvrent et battent, l'ouragan a passé dans une trombe de poussière, éclate, se brise en un fracas terrible que suit un effrayant silence. Quelques montants disloqués du sulky parmi des moellons éboulés : le cheval avait sauté dans le vide pour s'effondrer au fond des anciennes douves, les paturons brisés et voué à l'abattoir. A deux pas, dans les ramberges et les orties, gisait le corps du banquier, le crâne rompu contre une pierre en saillie.

Après dix ans, le souvenir de ce drame restait vivace dans les mémoires. A la vague de pitié qu'il avait soulevée s'était mêlée, dès les premiers instants, une fierté citadine qui n'avait cessé de grandir : plaindre et admirer d'un même cœur, à la fois et une fois pour toutes. Ç'avait été, au front de Mme Roy, comme un nimbe, à tout le moins une couronne civique décernée par la voix du peuple. *Vox populi,* eût dit le notaire Ledoux, qui se plaît aux citations. « Ils avaient tout, la beauté, la jeunesse, la fortune. Et voilà, une minute a suffi : Que sommes-nous en face du destin ? »

Mmè Roy avait fait face au sien avec un tranquille courage, une dignité naturelle et simple que tout le Coteau avait louée, Me Ledoux tout le premier, révérencieux au point d'en taire le rôle qu'il avait joué, négociateur et conseiller, en cette période difficile. La banque Roy était une affaire saine.

Une autre banque privée orléanaise, jusque-là concurrente, avait honnêtement assumé les affaires de sa clientèle. La « pauvre jeune veuve » était devenue « Quelqu'un » ; et de surcroît « mère exemplaire ».

Il y avait dix ans qu'elle gouvernait sa maison et sa vie avec la même autorité tranquille, une égalité d'âme qui avait retrouvé la paix du cœur et le don du sourire. Ses deux aînées étaient devenues jeunes filles. Brigitte, à dix-neuf ans, belle de son jeune corps épanoui, le rire aux lèvres, le sang heureux, chantait à longueur de jour en écho à l'oisellerie des tilleuls de la terrasse, hantés des pinsons, des chardonnerets et des mésanges. Blonde, aujourd'hui blottie dans les framboisiers sauvages, vient de rappeler par son silence à son « fiancé » d'hier qu'elle s'est livrée le jeudi précédent à un éclat public dont la véhémence a surpris. La bonne Mme Audebert en est restée le souffle coupé.

Ce jeudi-là, premier des grandes vacances, ramenait vers leur bercail le lycéen et la pensionnaire. Et Mme Audebert, le face-à-main contre ses gros yeux myopes, les avait accueillis du salut traditionnel : « Ah ! Revoilà nos amoureux ! » Blonde, alors, avait rougi, de révolte et de colère. Elle avait répliqué, à très haute voix et très sèchement : « J'en ai assez, c'est ridicule ! Qui s'aperçoit ici que nous n'avons plus douze ans ? » Il y avait eu un silence.

Blonde, à présent pâlie, honteuse peut-être de ce qu'elle venait d'oser, avait tourné les yeux vers sa mère. Leurs regards s'étaient croisés. Celui de Gabrielle ne s'était attardé qu'un peu, mais Blonde s'en souviendrait toujours. La compréhension, la tendresse, et la surprise aussi, l'angoisse fervente et soudain éveillée, il y suffit, bien au-delà des mots, d'un regard qui s'attarde à peine.

Le jeudi était le « jour » de Gabrielle. Ainsi, entre eux, la nommaient ses fidèles. Elle les recevait l'hiver dans un salon spacieux et clair dont les grandes baies vitrées donnaient au midi sur le Val. Cela faisait contraste avec les autres salons du Coteau. Plus d'épaisses tentures à pompons, de sièges crapaud à velours grenat ou vert bouteille, de bibelots sur des étagères. Les meubles, lustrés d'une douce patine, offraient à la lumière leurs belles lignes Régence à coquilles et leurs tapisseries d'Aubusson. Au-dessus d'un précieux bureau dos d'âne, entre les deux baies vitrées, un grand portrait de Gabrielle, en robe d'apparat coruscante, décolletée presque à mi-seins, sinueuse du diadème aux escarpins par la grâce de Paul Helleu, dérobait dans le contre-jour un sourire de jeune femme comblée, vaguement lointain, juste ce qu'il fallait pour faire pièce au qu'endira-t-on. La belle saison revenue, les baies s'ouvraient sur la terrasse, ses parasols et ses sièges de jardin.

— Un jour pareil..., a dit Blonde tout à l'heure.

C'est vrai. Tout l'espace resplendit. Julien, sur le toit du lavoir, exulte jusqu'à l'oppression. Vers où que se tournent ses yeux, son enthousiasme rebondit en plein ciel. La lumière pleut, ruisselle, baigne, caresse. Il est dans l'été jusqu'au cou. Il répète à mi-voix les mots que Blonde vient de dire :

— Un jour pareil...

Inoubliable. Il faut que ce qui vient à lui, en cette minute, la transe heureuse qui le possède ne s'abîme jamais dans les brumes d'un passé dérisoire. Des réminiscences enfantines traversent sa rêverie éveillée, des serments solennels, d'anodins pactes de sang. Il en sourit, mais son sourire ne renie rien. Il regarde : Blonde d'abord, comme la plus belle des certitudes, la promesse de la grâce qu'il appelle. Toutes ces complaisances bêtifiantes, ces enfantillages des parents, terminé ! Et bravo, Blonde ! Il l'entend encore : « Qui s'aperçoit, ici, que nous n'avons plus douze ans ? » Ils en ont l'un et l'autre dix-sept. Ils s'aiment, et sourie qui voudra. Leur amour, leur avenir, c'est tout un.

Il regarde. Beauté du monde... Cette vallée où nous sommes nés, où nous avons grandi ensemble, en épuiserons-nous jamais le charme et la sérénité ?

Le soleil de cinq heures, si glorieusement qu'il resplendisse, fait amitié avec le ciel immense, l'horizon bleu, le caillou et la feuille, les cheveux de mon amie. Juste au-dessous de nous, frôlant le mur de leurs basses branches, les arbres du « Château » éploient leurs cimes seigneuriales. Par-dessus elles, l'ancien jardin à la française a cédé l'espace aux cultures. Aussi belles et mieux encore : labours roses de l'automne, tendre vert des pâtures de mai, colzas éblouissants et rousseur des épis mûrs, elles chatoient au long de l'an, ainsi soit-il. Et des arbres encore, des bouquets d'arbres arrondis sur leur ombre jalonnent la plaine et conduisent les yeux vers le grand fleuve, ses eaux qui doucement irradient, l'air qui tremble sur elles imperceptiblement, sur les grèves, les touffes d'osier, l'autre plaine sur l'autre rive, les métairies éparses, les vieux sureaux à l'angle des *basserelles,* près des puits où dorment les eaux folles ; et là-bas, longue sur l'horizon, aériennement suspendue, la ligne bleue des bois de Sologne.

— Que regardes-tu ? dit Blonde.

— Toi, nous. Le Val d'Orléans. La France.

— Mais encore ?

— Le Coteau, ses maisons fraternelles, ses charmilles, notre grande remise aux foudres, votre serre dont une vitre flambe, la volière de Mᵉ Ledoux...

— Et puis ?

— La rotonde du Château, la chambre de Florian, tout en haut, sous son bonnet à pans d'ardoise, et leur reflet dans l'eau des douves... Les premiers merles commencent à siffler, les premiers martinets à entrelacer leurs rondes au-dessus du pont suspendu. C'est à nous, tout ça ; c'est nous.

— Bien sûr, dit Blonde.

Elle s'étire à demi, soupire :

« Il va falloir bientôt monter.

— Encore un peu.

Il a pris appui sur ses paumes et, d'un long saut coulé, atterri dans les framboisiers.

« Une petite place ?

Elle a lu le désir dans les yeux du garçon, lui donne sa bouche, tout aussitôt l'écarte d'une petite main vite obéie.

— Sage, Julien.

Le voici dans l'instant assombri. Il est ainsi : véhément, impulsif et sincère. Tout s'avoue sur son mobile visage. Que cacherait-il ? C'est une nature ouverte qui fait confiance à l'événement, à autrui, quitte à reporter contre autrui la pointe de ses déceptions. Il a de beaux yeux d'un brun chaud, lumineux, où transparaissent l'ardeur intérieure, l'avidité, l'attente impatiente. Un duvet sombre virilise déjà son visage. Que ce visage soit plaisant, il en a souvent la preuve, il le sait, sans en être vain : il est le contraire d'un roué. S'il aime pourtant attirer l'attention, cela tient à une verve facile, un don du trait vif et prompt qui n'a pas à chercher ses cibles : elles viennent toutes seules, à croire qu'elles le provoquent. C'est devenu un jeu, et qui le tente, et l'entraîne quelquefois vers des outrances qu'il ne mesure plus.

Ils sont allés s'asseoir, côte à côte, sur la margelle du lavoir. Les gens de la terrasse, là-haut, ne peuvent pas les apercevoir. Il a pris les deux mains de Blonde, les serre fort et demande brusquement :

— Quand partez-vous ?

— Partirons-nous ? dit Blonde en détournant la tête. Rien n'est décidé encore... Peut-être vers le vingt-cinq juillet.

— Dans huit jours ! Et pour combien de temps ?

— Nous ne le savons pas non plus. Cinq semaines... Peut-être moins.

— Peut-être moins, murmure-t-il amèrement. Jamais, jamais, même au plein des années scolaires, nous ne serons restés si longtemps séparés. Qu'est-ce que je suis, au bout du compte, ici ? Le fils du marchand de vins d'à côté, le « petit Derouet » du lavoir, entré chez vous... par effraction autant dire ; jamais appelé, pas même accepté, toléré.

Elle en a les larmes aux yeux. Elle s'écrie :

— Comment peux-tu ?

Pour lui aussi, les larmes sont proches :

— Je ne parle pas pour toi. Tu le sais bien : tu es en dehors.

— Pour qui, alors ? Pour Brigitte ? Pour Pacome ?

Il a un haussement d'épaules.

— Non plus.

— Alors ? Alors ? Pas pour maman, quand même ? Elle t'aime presque autant que nous. Non, autrement... Elle a un faible pour toi, voilà. Elle accepte de toi des choses qu'elle ne supporterait pas de nous. Tu as bonne mine de t'en prendre à elle ! Moi qui croyais...

— Allons ! coupe-t-il, véhément. Tu fais exprès de dire des bêtises ! Tu le sais bien, je la vénère. Quoi qu'elle décide et quoi qu'elle fasse, elle est sacrée. M'en prendre à elle ! C'est à la vie que je m'en prends. J'accepte tout, je comprends tout. Quand vous serez à Offenbach, tous ensemble, je me réjouirai avec vous, tu vois, sans rancœur, sans jalousie : je m'oublierai. Mais s'oublier, comprendre, accepter, ça n'empêche pas d'avoir de la peine.

Ce voyage, on en a parlé des semaines. Il y aura bientôt un an que Pacome vit à Offenbach, près de Francfort. C'est le troisième enfant de Gabrielle, le fils tant attendu pour le nom et pour la banque. Né treize mois après Blonde, il a donc à présent seize ans. Il a « suivi » tant mal que bien ses classes à l'institution Saint-Euverte jusqu'à la fin de la troisième. Et puis il a décidément lâché. A quoi bon s'obstiner contre la simple évidence ? Il n'est pas doué pour les études. Tout le monde en est tombé d'accord, lui le premier, puis Gabrielle, aussitôt approuvée par les augures et les sages du Coteau. C'est le tanneur Bonnecombe qui a résolu le problème et qui s'est entremis auprès d'un collègue allemand, Herr Bausch, tanneur à Offenbach-am-Main.

« Tête dure », néanmoins sans complexes, Pacome a d'autres qualités. A son âge, il atteindrait presque à la taille d'un cuirassier, à la musculature d'un docker. Aussi gai, aussi heureux de vivre que sa sœur Britte, il est pour tous « le bon Pacome ». C'est décidé : il apprendra dorénavant — « par la pratique », dit M. Bonnecombe — la langue allemande et la comptabilité, s'initiera aux secrets du chamoisage et de la mégisserie, mettra la main à l'écharnage, à l'ébourrage, coltinera les lourdes plaques de cuir entre les fosses et les séchoirs. Voilà qui forme un homme, le bon Pacome n'y boudera pas. Et ainsi, lorsque au bout de deux ans il reviendra à Chasseneuil, il sera temps de lui ouvrir toutes grandes les portes des tanneries Bonnecombe, de l'associer petit à petit aux responsabilités de direction ; et peut-être, qui sait ? après le service militaire, d'introniser en sa personne un gendre et un successeur : les prévisions les plus banales sont souvent les plus raisonnables.

On procrée peu sur le Coteau. Les Bonnecombe ont deux filles jumelles, encore jeunettes, et s'en tiennent là. Julien Derouet est fils unique. Roland Audebert aussi. On l'appelle « le Beau Ténébreux ». C'est un grand garçon basané, rêveur, courtois, un peu distant. Il vient d'être admis à Saint-Cyr : encore plus beau, pense Britte, sous son shako à casoar ! Les Ledoux n'ont pas eu d'enfant, c'est peut-être mieux ainsi : Me Ledoux a un pied bot, nul n'a pu voir Mme Ledoux que gantée de chevreau gris, sa main droite est atrophiée. M. Cailleteau le juge de paix est « célibataire endurci », fumeur de pipe et priseur de surcroît, merci bien !

Ainsi va la chronique des terrasses. Tout le monde est au courant. On a le temps. D'ailleurs, on n'a rien à cacher. Les dessous inavoués, les passions sourdes, les drames, ce sont des histoires de romans. Grâce à Dieu, le Coteau n'est pas romanesque.

Le voyage, passe. A l'étranger, pourquoi pas ? C'est un de ces remous légers qui émeuvent fugacement la trame somnolente des jours : une risée sur l'eau des douves. Mère et sœurs, tendrement complices, ont comploté cette équipée. La première année révolue, elles iront rejoindre Pacome ; cela coupera la longue absence. Les Bausch, pressentis, ont souscrit avec enthousiasme. Pacome exulte, écrit lettre sur lettre et promet monts et merveilles. Julien, hors de la confidence, n'en a pas moins tout pressenti.

Il vient de le donner à comprendre. Il accepte ; mais il a, Blonde le sait désormais, de la peine.

« Jusqu'en septembre, dit-il. C'est terrible.

Il pense déjà aux lettres qu'il écrira, où il donnera des nouvelles du Coteau, où il voudrait redire à Blonde la profondeur de son amour, mais Blonde lira entre les lignes ce qu'il lui aura fallu taire. Il a confiance, confiance, confiance.

Ils se sont repris les mains, se regardent au fond des yeux.

« Tu es ma femme, dit Julien.

Il passe alors dans les prunelles de Blonde une petite lueur espiègle qui devrait alerter son ami. Mais il n'y voit que la tendresse dont déborde son propre cœur.

— Houhou ! Houhou !

C'est Britte qui appelle de là-haut. On aperçoit sa robe claire au bord de la balustrade.

— Tu vois, dit Blonde. Nous exagérons.

Ils sont debout, font signe de la main : « Nous montons. »

II

Trois terrasses, chacune à trois ou quatre mètres au-dessous de la précédente lorsqu'on vient de la maison. Douze mètres, c'est toute la hauteur du coteau. Mais elle suffit, dans ce pays de plaine, à livrer une immensité.

La terrasse inférieure est un peu négligée. Les eaux qui sourdent au bas de la pente ont été captées en fontaine pour le lavoir mitoyen. Mais elles affleurent partout et incitent à l'exubérance le croît des herbes folles, des grandes berces, des renoncules et des prêles. A peine sarclées, elles repoussent. Le jardinier y perd sa peine.

Au-dessus, il prend sa revanche. C'est la moyenne terrasse, utilitaire, couverte plus qu'à demi de châssis et de cloches à melon. Presque au long de l'année elle prodigue les odeurs, des plus suaves aux plus chaleureuses, de celle du chèvrefeuille en fleur à celle du concombre éclaté. Les morios, les vanesses y viennent palpiter des ailes sur le sable des allées. Des guêpes soûles, lourdes de sucs fermentés, sortent du cœur des poires mûres et bourdonnent à tout-venant.

Au-dessus enfin s'étend *la* Terrasse. Tout court. Quelle épithète ajouterait à son évidente majesté ? Si la pente du Coteau, de jardin en jardin, a commandé une harmonie égalitaire, si les terrasses, ainsi, s'alignent presque toutes sur un même cordeau idéal, il faudrait pour s'en aviser prendre assez de recul dans la plaine, c'est-à-dire dans le parc du Château. Il est privé. La Demoiselle plus que septuagénaire qui le tient d'un lointain grand-père acquéreur de biens nationaux, décrépite, à demi aveugle, ne se soucie plus guère d'épier les faits et gestes des occupants du Coteau. Voilà encore un privilège qu'on ne saurait trop souligner : nous sommes voisins et solidaires, tous chez tous, mais chacun chez soi.

D'où il résulte qu'avec le temps les terrasses se sont différenciées, à l'abri des murs ou des haies latéraux qui protègent des vues « plongeantes ». Il n'y a pas de charmille chez les Derouet, à cause des dépendances accaparées par les futailles. Le juge de paix en a une ; mais, négligée, elle dépérit : elle roussit toujours la première, à l'automne, d'un vilain roux couleur de nicotine. Celle des Leveneur est projetée en avant et réduite de moitié par le vitrage de leur jardin d'hiver. Ainsi le lieutenant de louveterie nomme-t-il pompeusement l'étrange capharnaüm où il joue du cor de chasse parmi les hures de sanglier, les bois de cerf et de brocard. Celle des Ledoux a sa volière, celle du Dr Landeroin est flanquée d'un garage tout neuf dont le crépi offense les yeux : il y abrite son phaéton automobile, le premier qu'on ait vu à Chasseneuil. Celle... Mais à quoi bon poursuivre ? La plus belle des terrasses et de loin, sans conteste, c'est celle de Gabrielle Roy.

Spacieuse, damée, lustrée de gravier fin, bordée longuement d'une balustrade à l'italienne dont la tablette aligne, roses et ponceaux alternés, des touffes de géraniums en pot, elle offre aux flâneries des beaux jours l'ombre de ses deux tilleuls. Deux seulement, mais quels tilleuls ! Florian, du haut de la rotonde des ci-devant Penthièvre, a dû les voir en leur verte jeunesse. Ils sont devenus colossaux, deux mondes fraternels de branches puissantes, de couvert sombre, hantés de nids, de pépiements, de frouements d'ailes. Me Ledoux, à leur propos, devient lyrique : Tutélaires, *genii loci*, haussant leur cime « au ciel voisine »..., rituellement il conclut ses tirades par un mot définitif, cent fois redit, et qu'il redit à la seconde même où Julien prend pied sur la terrasse :

— Ce sont des arbres royaux.

— *Nec pluribus impares,* claironne la voix de Julien. Bonsoir, maître. Mes respects, madame.

Il a grimpé comme à l'assaut. Le voici d'un seul coup happé, absorbé, mais réfractaire. L'effort sur lui qu'il vient de faire pour réprimer la rancœur qu'il a niée se résout tout à coup en agressivité. Mᵉ Ledoux, toujours souriant, est aussi susceptible qu'il est fin. Il réplique de sa voix la plus suave :

— C'est une devise à tous usages, *omnibus,* mon jeune ami. Par excellence et vulgairement publicitaire : pour un monarque absolu, soit ; aussi bien pour un criminel hors série ; ou pour l'heureux vainqueur d'une course à vélocipède ; ou pour la limonade que fabrique monsieur votre père. Allons, allons, ne vous fâchez pas... Vous tomberez mieux une autre fois.

Les yeux du garçon flamboient, le sourire du notaire s'en arrondit d'autant. « La boucler, pense Julien. Lui tourner le dos sans plus, c'est le mieux. Je vais lâcher une stupidité. » Et il s'entend dire aussitôt, avec une insolence dont il perçoit le ridicule :

— *Bis, ter, quater repetita...*

— *... placent !* achève Mᵉ Ledoux.

Et de rire, cette fois largement, en tapotant l'épaule du garçon.

— Julien..., dit une voix féminine, tout près de lui.

Il se retourne. C'est Gabrielle.

« Allons nous asseoir un moment.

Elle l'entraîne à travers la terrasse, du côté de la maison. Ils frôlent des groupes sans ralentir leur marche, des ombres que Julien ne voit pas. Il suit de tout près Gabrielle comme si elle lui tenait la main : subjugué, consentant, heureux. L'angoisse même qui lui point le cœur cède déjà au plaisir secret de l'attente. Pourquoi, ce soir, cet aparté ?

« Sur ce banc. A côté de moi...

Il s'est assis, tourné vers elle. Le banc qu'elle a choisi est à l'écart, dans un angle qu'une aile en retour forme du côté de l'est avec le corps de la maison. Le soleil oblique les éclaire, mais ils sont assez loin pour que personne n'entende ce que dit maintenant Gabrielle :

« ... Entre nous, rien qu'entre nous, Julien. Ne regimbe pas, je te connais. C'est dans ton seul intérêt, je t'assure, par affection pour toi, tu le sais...

En vérité, c'est une mercuriale, un sermon : « S'il avait pu se voir tout à l'heure ! Un jeune coq dressé sur ses ergots. Et devant un homme d'âge, si digne, si respectable... Oui, bien sûr, une peccadille. Mais depuis quelque temps, attention ! Il lui arrive d'être insupportable, de vouloir briller à tout prix aux dépens de n'importe qui. Elle aurait de la peine, vraiment, si son " petit Julien " passait demain pour un *glorieux*. La hâblerie, la vantardise, l'excessif contentement de soi portent ombrage même aux indulgents. Et comment non ? Ils les infériorisent, ils les offensent implicitement. La supériorité vraie n'a pas à être proclamée, c'est pourquoi elle est toujours modeste. »

Julien écoute-t-il Gabrielle ? Elle pourrait dire n'importe quoi. Sa présence, le son de sa voix, son regard, voilà ce qui compte avant tout, ce qui confère à ses paroles leur prestige oraculaire. Elle a raison, comme toujours, même si elle exagère un peu, pour la bonne cause. Il est tout humilité, tout désir de ressembler demain au modèle qu'elle lui propose.

La voix de Gabrielle, cependant, a pris une douceur grandissante, une tiédeur lénitive qui caresse. « C'est vrai, pense-t-il, une gloriole de potache, une forfanterie de boute-en-train applaudi par des camarades, des enfants... C'est merveilleux : elle a compris d'avance. » Et il dit, sans la quitter des yeux, avec son plus beau sourire :

— C'était hier.

Ils peuvent maintenant s'abandonner à l'enchantement du soir d'été. La fine brume que la chaleur du jour faisait trembler à travers le Val semble s'être à présent dissipée, mais elle persiste dans la transparence de l'air, assez encore pour que les longues lignes des berges, les diaprures atténuées de la plaine prennent ensemble une précision tendre, une douceur nuancée dont leurs yeux n'épuisent point les charmes. Le soir est amical et sonore. Un chien aboie sur l'autre rive autour d'une carriole paysanne qui suit la levée de la Loire. On entend le claquement de l'essieu quand la roue bute dans une ornière. Le soir est tendre. Julien retrouve, plus intense encore, l'exaltation secrète qui a fondu sur lui tout à l'heure. Et voici que le soir est d'or. Le jusant d'une nappe de soleil vient de recouvrir la terrasse, coule jusqu'à leurs pieds, commence à refluer lentement.

Il tressaille : l'horloge de l'église sonne l'heure. Chaque tintement, à lentes ondes, tombe en planant des abat-son, effleure les toits, descend vers lui. Il l'atteint, vibre dans tout son corps, et déjà le tintement suivant s'envole et plane, descend vers lui et commence à vibrer.

— Madame...

C'est le vieux Dr Landeroin, rose sous son toupet neigeux. Il prend congé, baise la main de Gabrielle, son dentier fait un petit clic.

— Madame... Madame...

Passent le juge de paix Cailleteau, sautillant, « sylphe pétuneur » ; Mme Bonnecombe, dite Grandpavois à cause de ses robes singulières ; son époux « dont la bille crânienne fait office de miroir aux alouettes lorsqu'il va chasser en Beauce ». Gabrielle, malgré elle, se remémore les irrévérences dont les brocarde le coupable Julien. Ils s'en vont, un à un, deux à deux, se confondent en remerciements. Julien sent un frémissement lui chatouiller irrésistiblement la luette.

— Madame...

Cette fois, c'est le lieutenant louvetier, son monocle, sa barbe carrée, fier de sa prétendue ressemblance avec le bon roi Henri. Il achoppe un peu sur les mots, précipite d'autant son débit : Julien l'appelle Henri quatre à quatre. Baise-main, courbette, double courbette. Julien serre désespérément les lèvres. Gabrielle le menace de l'index. Le fou rire va-t-il la gagner ?

— Vous partez, monsieur Leveneur ?

— Pardonnez, chère madame. J'attends Millie, qui doit me rejoindre chez vous. Je m'étonne même, si j'ose dire, qu'elle ne soit pas encore là. Il va être bientôt sept heures.

— Mais la voici, dit Gabrielle.

Julien fait mine, brusquement, de se lever et de partir. Gabrielle le retient d'une brève pression sur l'avant-bras. Millie surgit dans un froissement de soie, un remous de parfum pénétrant, embrasse à pleines joues Gabrielle, tend la main à Julien qui s'empourpre jusqu'au front, prend la main et recule les épaules dans un retrait involontaire. Millie hausse à peine les sourcils, laisse peser un peu son regard, et sourit. Sa main quitte celle de Julien. La rougeur persiste, humiliante. Il sent encore contre sa peau l'étrange et glissante tiédeur des doigts qui viennent de la toucher. Les Leveneur s'éloignent. Gabrielle, redevenue sérieuse, hoche la tête en regardant Julien.

« Incorrigible, décidément, dit-elle. Tu es un monstre : j'ai failli éclater, moi aussi... Mais qu'y a-t-il ? Ça ne va pas ?

— Cette femme ! dit-il avec colère.

— Eh bien ? Elle est jolie. Mieux encore, elle est charmante. Elle te déplaît ?

— Elle me dégoûte. Je ne peux pas expliquer, c'est physique.

— Alors, n'en parlons plus... Mais je pense que tu en reviendras.

Ils se taisent, un long moment. Le tumulte peu à peu s'apaise dans le corps de l'adolescent, calme son sang, détend ses nerfs. Il respire profondément. Il sait, oui, qui est Millie : une amie, une protégée de Gabrielle, de dix ans sa cadette au moins. Elles ont été ensemble en pension, Gabrielle était sa « petite mère » pendant leurs deux années communes. Elle l'est restée en quelque sorte. C'est elle peut-être, Millie devenue femme, qui est à l'origine de son mariage avec le lieutenant louvetier. Etrange mariage, entre un barbon massacreur de bêtes nobles et « une aventurière sans le sou ». C'est du moins le verdict de Chasseneuil et Julien y souscrit tête baissée. « Elle sent l'alcôve », a dit un soir Mme Derouet, alors qu'il était question d'elle à la table du dîner. Julien revoit encore, avec le même malaise, le rire trouble de son père.

« N'en parlons plus », tant mieux ! Ce serait encore trop d'y penser. Il ne reste sur la terrasse que les deux Audebert et leur fils, le notaire et la notairesse. Brigitte et Blonde, en dignes filles de leur mère, se prodiguent gentiment autour d'eux. Le rire de Brigitte cascade, celui de Roland s'y accorde. Mais que fait Blonde ? Pourquoi n'accourt-elle pas encore ? Enfin ! Elle vient de se retourner, une fois, deux fois, tandis que tous les autres, au coude à coude sur la balustrade, contemplent l'horizon familier.

« Qu'on est bien ! soupire Gabrielle.

Un soupir profond fait écho, une voix fervente murmure à son côté :

— On vit.

Et tel est son accent, si pathétiquement sincère que Gabrielle s'étonne et s'émeut. Elle s'est levée. Elle invite gaiement :

— Allons !

Mais avant de rejoindre ses hôtes, elle s'arrête un instant au pied du premier tilleul.

« J'ai encore quelque chose à te dire.

Le cœur de Julien bat plus fort. L'a-t-il jamais tant admirée, vénérée ? Sa beauté calme, sa sérénité, les ondes des bandeaux qui séparent la masse brun fauve de ses cheveux, sa démarche, l'élégance d'une mise sûre d'elle-même qui pourtant n'a jamais consenti au rituel funèbre des veuves, la pureté ferme de son visage, le sourire qu'elle a en cet instant.

« Tu sais que nous partons jeudi ?

— Jeudi prochain ?

— Jeudi prochain, mais oui...

Elle marque un temps. Son sourire s'illumine encore :

« ... Et que nous t'emmenons avec nous ?

Il semble à Julien, tout à coup, que le monde vient de s'agrandir, de s'animer prodigieusement. Dans l'épaisseur feuillue du tilleul, les pépiements de l'avant-nuitée soudain exultent des basses branches au ciel. La ronde des martinets devient une danse sidérale, stridente et folle : ils montent, ils fusent vers le zénith, retrouvent tout là-haut le soleil, petits corps sombres qui soudain flambent, et leurs cris continus saluent au cœur de la lumière ce jour qui ne veut pas mourir.

Des pas approchent sur le gravier. C'est le visage de Blonde que rencontre d'abord le regard de Julien, ses yeux brillants dans le contre-jour. Elle savait, la cachottière ! Puissent cette heure, la minute que voici m'accompagner, viatique, tout au long de mes années terrestres ! Tout vient à moi, tout est offert. Ouvrir les bras, embrasser dans un regard tout ce que mes yeux ont vu ce soir, dans mon pays, au bord de notre Coteau !

— Madame...

Voici venu l'instant des derniers salamalecs. Julien, deux pas à l'écart, a pris les doigts de Blonde et les serre. M. Audebert tient à la main sa casquette à Chasseneuil fameuse, à coiffe plate et petite visière ronde, bleu marine soutachée de ganse noire. Il a un bon visage sanguin, une mouche de mousquetaire sous la lèvre.

— Tu restes dîner, chuchote Blonde.

— Madame...

Le dernier à prendre congé est le disert Me Ledoux. Tête nue lui aussi, cheveux en brosse et grosse moustache taillée, teints d'un beau noir à toute épreuve, il salue très bas Gabrielle. Il parle encore, on ne peut pas lui en vouloir.

— Mille et mille mercis, chère amie. Il n'y a que chez vous... Comment se résoudre à partir ?... Allons, bonsoir. Bonsoir, Brigitte. Bonsoir, Marie-Reine.

Il feint de découvrir Julien, lui pose une main sur l'épaule.

« Quel beau soir ! Les Audebert viennent de rentrer, on entend aboyer leurs chiens : fête au chenil ! Là-bas, voyez, entre les peupliers de Marmin, Vénus émerge. Comme elle brille déjà ! Les martinets se taisent, mais voici le premier courlis. Elle aussi, la nuit va chanter. Bonsoir, Julien... *Carpe diem !*

III

Ce 29 juillet 1905. De Nancy
dix heures du soir.

J'ai déjà, dans ma vie, tenu un journal quotidien. Je n'y ai guère de propension, du moins si ce n'est qu'un prétexte à une introspection maniaque ; et d'ailleurs, par excès de complaisance pour soi, toujours moins sincère qu'elle ne pense. Il y faut, en ce qui me concerne, une circonstance déterminante, un événement majeur ou singulier qui vienne éveiller en moi le besoin d'en témoigner, d'en laisser trace. Et cela du dehors, objectivement, par souci d'une vérité qui ne soit ni gênante, ni flatteuse, puisqu'elle est, *tout simplement.*

L'événement, la première fois, c'était l'Exposition universelle de 1900. J'allais avoir douze ans. Je pense que mes parents l'auront admirée plus que moi. C'est peut-être pour ça, par réaction, que j'ai été relativement si tiède — si « difficile », disait Maman, comme pour le gras du pot-au-feu —, si réfractaire à l'enthousiasme de commande que subissaient les grandes personnes. Ce qui m'a le plus frappé, outre sa taille évidemment, c'est le costume « moyenâgeux », à bigarrures et à crevés, que promenait le géant Hugo dans un Vieux-Paris de carton, et son teint jaune de Kalmouk ; et davantage encore, au long de la semaine qu'a duré notre séjour, les joies pures du trottoir roulant. Mais je pécherais par omission si je taisais la fantasmagorie pétaradante d'un feu d'artifice nocturne et surtout, la même nuit sans doute, l'impression terrible, inoubliée, d'une foule coincée sur une passerelle, l'énormité aveugle de sa poussée, la violence monstrueuse qui couvait sous son épaisseur. C'est loin, tout ça ! Sic transit, *dirait Mᵉ Ledoux. Puisse le souvenir de l'Exposition et de ses fastes survivre à mon Journal d'enfant !*

L'événement d'aujourd'hui, bien sûr, c'est ce grand voyage qui commence. Premier voyage, en vérité, si je songe au dépaysement, aux découvertes personnelles, *à* l'étranger, *terres et gens, en l'occurrence à l'Allemagne. Ah ! ici, me méfier des préjugés,* id est *des jugements reçus, hérités ; ne rien admettre pour vrai que je n'aie moi-même constaté. Mᵉ Ledoux (décidément, je pense beaucoup à lui : ça va suffire) prétend parfois en riant que je suis « un petit cartésien du Val de Loire ». Après tout... Il est astucieux, le bougre, et il a souvent raison. Revenons à nos moutons.*

Qu'est-ce que je connais du monde, par expérience personnelle et directe ? Mon pays, ma petite patrie, très bien je crois (oui). J'ai senti résister mes racines (symboliquement) quand nous avons pris hier, tous les quatre, le train de sept heures dix-neuf. C'était la n-ième fois, et c'était pourtant la première. Blésois de mes cousins brasseurs, reines-claudes de leur « clos » sur la Loire (leur terrasse et son cèdre bleu, superbe, m'ont toujours fait penser à la terrasse de Gabrielle et à ses deux tilleuls « royaux »), Touraine de Richelieu, de Champigny et des peupliers de la Veude, présentation de la Beauce gâtinaise à la haute flèche pithivérienne des saints Salomon et Grégoire, monde confiné d'une parentèle désuète, d'embrassades périodiques avec des grands-oncles barbus, des tantes à la mode de Bretagne dont le menton, aussi, pique un peu, jamais rien de cela ne m'avait fait sentir ce tremblement d'amarres qui vont céder, qui cèdent, ni ce vertige de liberté qui depuis cette minute continue de m'étourdir. Heureusement des amarres ont suivi, chères amarres de Chasseneuil qui dorment dans deux chambres voisines (à l'hôtel des Ducs de Lorraine) et qui me souriront demain !

Nous allons entrer en Allemagne, tous les quatre, une petite escouade française, le cœur ouvert et la main tendue. Vous apprendrez, chers ennemis héréditaires, à nous connaître tels que nous sommes. Il paraît que votre empereur, à Tanger, a hérissé sa grande moustache et fait sonner ses éperons ; que M. de Tattenbach, à Fès, contrecarre dangereusement, exprès, la politique marocaine et les intérêts de la France. Jeux de princes ! Nous, nous allons voir des Allemands, nous allons conquérir l'Allemagne. Elle va nous rendre l'Alsace et la Lorraine, et l'Histoire ignorera toujours que ç'aura été grâce à nous.

Je comptais bien, et dès ce soir, relater notre voyage entre Paris et ici, car il a déjà porté sens. Et comment ! Mais j'ai décidément trop sommeil. Bonsoir, moi. Nous serons demain à Strasbourg.

Ce 31 juillet 1905. De Strasbourg
dix heures du soir.

Eh bien ! nous y sommes, à Strasbourg ! Depuis hier soir sept heures. Et nous serons dès demain à Francfort, c'est-à-dire à Offenbach qui n'en est qu'à six kilomètres. C'est de là que nous rayonnerons, mais sans nous bousculer jamais, à la fantaisie de l'heure. Ce sera bien temps, alors, de tenir mes résolutions et de reprendre ce journal. J'ai trop présumé de mes forces, ou trop tôt, hors des possibilités. Quelles journées ! Bourrées, trépidantes, merveilleuses ! Il eût fallu des heures de cent minutes, et encore. Je pense qu'après l'installation à Offenbach, dans nos logis respectifs, nous connaîtrons des moments de calme et ainsi, en ce qui me concerne, le loisir de me tenir parole. Ce soir, j'ai encore trop sommeil, ma tête bourdonne comme une toupie (d'Allemagne). Mille souvenirs déjà : ce sont eux qui font ce bruit d'essaim. Au lit !

P.S. : *Blonde et Brigitte sont dans la chambre à côté. Blonde, avant de s'endormir (sûrement elle), a frappé tout à l'heure deux petits coups contre la cloison. Bonsoir, Blonde. A vous aussi, Brigitte, bonsoir.*

Ce 4 août 1905, d'Offenbach-sur-le-Main.

Troisième journée offenbachoise. Il est cinq heures, je suis « chez moi ». Etonnante adaptation, par sa rapidité comme par sa facilité. En fait, plutôt qu'adaptation, c'est adoption que j'aurais dû écrire : citoyens d'Offenbach, de par la gentillesse de nos concitoyens germains.

Celle de Pacome, bien connue, avait dû préparer les voies. Nous l'avons retrouvé à Strasbourg, venu au-devant de nous. Radieux. Avec son bon sourire contagieux. Son visage sourit de partout, jusqu'aux oreilles et jusqu'au nez. Il a aussi des dents éclatantes, larges et fortes (nous riions, naguère, de ses palettes. Il a grandi, il a maintenant de belles dents à sa mesure). Remarque : l'une de ses incisives supérieures, la centrale droite, présente une toute petite écornure. Je l'ai reconnue aussitôt avec un attendrissement fraternel : à quoi tiennent parfois les choses ! L'accompagnait un long jeune homme assez falot, un Parisien qui m'a paru avantageux sans qu'il y eût, m'a-t-il semblé aussi, de quoi. (Suis-je « glorieux », très chère Gabrielle ? Vous allez pouvoir comparer.) Long nez de triste figure, cheveux d'un noir qui sent le suint, raie au milieu, faux cols démesurés que pince à mi-hauteur un nœud papillon écossais. Deux ans de plus que Pacome, qui le tarabuste à cœur joie. Prénom : Lucien.

Nous voici donc tous installés : Pacome, naturellement, chez les Bausch qui l'hébergent depuis un an (il est au pair), Gabrielle et les sœurs chez deux logeuses dont je ne pense rien encore, deux vieilles filles d'une cinquantaine d'années, cérémonieuses, roucoulantes, ce qui va mal avec leur charpente chevaline (jumentière ?) : on s'attend à les entendre hennir. Bon. Rien à dire non plus des deux chambres et du grand cabinet de toilette *commun qu'occupent la mère et ses filles. Banales, bien éclairées sur une vaste cour commune que des immeubles flanquent sur trois côtés. Dessus de lit en macramé à gros fil de coton, avec ce qu'il faut de coussins à devises :* « Cœur pur, bon sommeil vont de pair », *etc. La table de toilette est en marbre blanc (un coin a été recollé), le pot à eau et la cuvette en albâtre. Tout cela, au premier jour, gardait en plein été la froideur de l'abandon et des fenêtres toujours fermées. Tout se ranime et reprend vie déjà sous les yeux et les mains de Gabrielle et des jeunes filles.*

Chez moi, profusion de coussins. Ils vont généralement par couple, ils dialoguent à coups de broderies, peut-être qu'ils se reproduisent entre eux. En fait, la responsable est Frau Weth, mon hôtesse : elle coussine à longueur de jour dans la soie et le kapok ; ou elle dépelote, échevote et tricote. Elle a un doux visage mélancolique, aux traits fins, auréolé de frisons gris. Herr Weth, lui, serait plus remarquable, impressionnant. Chétif, malade, miné par l'asthme probablement. Les muscles de ses bras ont fondu jusqu'à l'atrophie. Sa tête, en partie de ce fait, paraît anormalement énorme. Presque toujours en corps de chemise, sanglé de bretelles brodées (naturellement), les pieds dans des mules de tapisserie, je ne l'ai aperçu que deux ou trois fois, par hasard, dans l'entrebâil-

lement d'une porte. S'habille-t-il quelquefois ? Sort-il dans les rues d'Offenbach ? Des remugles de poudre de Dover flottent jusque sur le palier. J'entends ses quintes de toux lointaines, le matin, dans le demi-sommeil qui précède le vrai réveil.

Lointaines, parce que ma chambre est hors de l'appartement, indépendante, avec une entrée personnelle, ce qui les incite à la louer. Hier, j'ai rencontré son regard. Comment rendre mon impression ? Spectral, c'est à peu près ça ; venu du fond d'un autre monde. Il a de gros yeux globuleux, à fleur de tête, des yeux de bête nocturne, de crapaud ou de hibou, indiciblement humains. *Comment, dans l'éclair d'un regard, ai-je pu y lire tant de choses ? De l'étonnement, de la prière : « Est-ce que j'ai été comme vous ? », et, j'en suis sûr, une sympathie si proche et si triste que j'en ai eu le cœur serré : « Vous voyez où j'en suis à présent ? Tenez bon, vous, défendez*-moi. »

Mais je m'égare, je suis (Gabrielle dixit) incorrigible. Il paraît que les Weth ont une fille. Elle vivrait avec eux. Invisible. C'est Pacome qui m'a parlé d'elle. Il m'a dit qu'elle avait vingt ans, que sans être jolie elle intriguait, elle attirait inexplicablement. Il prétend qu'elle ressemble à son père comme une réplique sublimée, ressuscitée en quelque sorte. Le bon Pacome m'a épaté. Aurait-il désormais changé, lui qui disait il y a un an, avec un rire ad Julianum, « *que les filles ne l'intéressaient pas* » *? Dernier détail : elle serait fiancée au fils aîné des Bausch, Gunther.*

Qui est Gunther ? Sur son compte, Pacome est également intarissable, débordant d'une admiration dont j'ai vainement tenté de lui faire préciser les motifs. Il n'a qu'un mot : « C'est un type formidable. » En quoi ? Pourquoi ? A moi de le déterminer demain, et je m'y emploierai, c'est sûr. Ce Gunther arrive ces jours-ci pour toute la durée des vacances. A vingt-deux ans, il achève ses études à l'université de Heidelberg. De philoquelquechose, logie ou sophie, ou les deux : c'est un ogre. « Intelligent ? », ai-je demandé. « Ho la la ! » a répondu Pacome. « Caractère ? Tempérament ? » — « Du tonnerre ! » Et rien à en tirer de plus. Si, pourtant, pour comble d'enthousiasme : il s'est mesuré au sabre, auf der Mensur, *plusieurs fois. Un coup de lame lui a balafré la joue d'une profonde entaille, glorieuse cicatrice qui témoigne de sa bravoure.*

Ce Gunther a un frère cadet, Wilfried, dissemblable autant qu'il est possible, sentimental et tendre, vergiessmeinnicht *à n'y pas croire. J'ajoute, pour l'avoir vu moi-même lors de notre visite protocolaire à ses parents (il travaille à la tannerie), que je l'ai trouvé charmant.*

Encore un mot, le dernier pour ce soir : nos points d'attache respectifs, pour indépendants qu'ils soient, ne sont pas à trois minutes les uns des autres, tous groupés dans le quartier de l'Hauptbahnhof. Nous pouvons tous, aux mêmes heures, entendre grelotter la sonnerie du quai. La rue-boulevard qui longe les voies n'est séparée des rails que par une palissade de lattes. Il y a, face à la gare, un bistrot où nous pourrons nous retrouver, entre hommes, devant une chope ou un verre de cidre. Nous avons loué, ce matin même, six bécanes. Nous les garons, même Pacome et Lucien, dans la cour de la maison des « trois Françaises »...

Ce 5 août 1905, toujours d'Offenbach.

Elles sont venues me surprendre hier soir, toutes les trois.

— Tu n'y penses plus ? Tu sais qu'il est sept heures et demie ?

Et voilà. Encore une fois je me suis laissé gagner par la montée des impressions récentes : submergé. Il va pourtant falloir que ça change ! Dilemme : ou bien prendre le dessus, dominer, mettre bon ordre, commencer par le commencement ; ou bien lâcher (provisoirement) et remettre à des temps meil-

leurs, quand le torrent se sera assagi, la rédaction de ce journal. Posons la plume. Recueillons-nous. Revivons calmement, à froid : c'est le moment d'être objectif.

IV

Il a pris sa tête dans ses mains, posé ses coudes sur le guéridon qu'il a élu comme pupitre. Les yeux ailleurs, rêveur attentif, il accompagne les autres Julien qu'il vient d'être et qu'il n'est déjà plus. Autant de doubles, de relais intérieurs qui un à un le rendront à lui-même. Les images passent, affleurent à son visage sensible, sans cesse changeant, porteur de reflets ; amicales presque toutes, que le même vague sourire poursuit encore tandis qu'elles s'éloignent et s'effacent. Mais déjà d'autres se lèvent, se colorent et resplendissent.

Tout le temps du voyage, pendant des heures, il est resté le front contre la vitre. Personne qu'eux quatre dans leur compartiment, Gabrielle et Brigitte dans les coins opposés aux leurs, Blonde assise en face de lui. De loin en loin il la cherche des yeux, reprend conscience d'une réalité merveilleuse, de l'allégresse qui les unit. Et aussitôt retourne à son guet passionné.

Voyager ! Nous sommes en voyage ! La dernière nuit, à Chasseneuil, jusqu'au plein de son sommeil, il sentait monter dans son corps l'élan profond qui allait l'éveiller. Ses yeux s'ouvraient sur les ténèbres, son imagination l'emportait. Son imagination ? Ses souvenirs ? L'une et les autres confondus. Ligne bleue des Vosges, poteaux frontières, vieux Rhin d'Erckmann-Chatrian, nids de cigognes sur les cheminées de maisons à colombage, Alsace-Lorraine endeuillée de violet, française quand même, sur les cartes murales des écoles. Son cœur battait, il se rendormait, et son sommeil encore était comme une lévitation.

Etre *en* voyage, c'est tout autre chose. Ce serait presque le contraire. Son corps est maintenant oublié, il n'est plus qu'un engourdissement bienheureux. Ses sens ont abdiqué au profit d'un seul d'entre eux. Il est « tout yeux », il « boit des yeux ». Des bouquets d'arbres, des moissons en javelles, de lentes rivières dans des herbages, des rangs de vignes sur des collines blanches, il est briard, bourguignon, champenois. Forêts de hêtres, sombres sapins d'Argonne, il devient grave, le voici héroïque. France toujours, Metz-Toul-et-Verdun, Charlemagne... Et de nouveau collines, collines... Celles de Metz ? Les premiers contreforts des Vosges ? Il retrouve une voix pour partager, prendre à témoin, un bras, une main pour alerter Blonde, effleurer son genou de la paume :

— Regarde ! Regarde !

Le ciel, inépuisablement, prodigue la lumière de l'été, azur et or, sous de légers cirrus qui planent très haut, lumière eux-mêmes, gorgés de soleil. L'espace grandit, semble s'ouvrir comme une corolle. Une brise d'est, le long de la voie, éveille dans les feuillages un frémissement qui ne finit plus. C'est de la terre que monte à présent la clarté. Cette rivière... Il est debout. La rivière tourne, dessine sous le ciel un ample et caressant méandre. Il crie comme un alléluia :

« La Moselle !

Le jour baisse dans la chambre. Les bruits extérieurs viennent mourir dans l'épaisseur des capitons et des tentures. Il s'habitue déjà au confinement et au silence particuliers qui l'entourent et le cernent ici. Déjà il annexe cette chambre aux quelques lieux du monde secret où il se rejoint le mieux. La solitude qu'il y trouve abolit la notion même du temps. Elle se charge très vite de puissances mystérieuses, d'une poussière de sortilèges qu'il lui semble respirer. C'est un attrait un peu suspect, auquel il cède et dont il sait déjà, obscurément, qu'il en rappellera vers lui, plus tard, après le lointain retour, la présence et la vague oppression, sans peut-être en déchiffrer jamais les énigmes ou les symboles.

Il est, oui, à Offenbach-am-Main, chez les Weth. Installé. Six Français ensemble — ou cinq et demi, à cause de Lucien. Ils ont déjà leurs habitudes, se retrouvent dès neuf heures à leur table du restaurant Ulmett, accueillis par la souriante Margredel, aux fortes hanches, aux longues tresses rousses.

— Guten Tag !

— Guten Tag !

Entre les habitués allemands et eux, l'échange du salut matinal s'est fait de plus en plus cordial. Julien sourit, au souvenir du grand rire collectif qui a d'emblée dissipé toute réserve. « Bêtes curieuses d'abord, pense-t-il, à leurs yeux de sédentaires ; puis attraction ; puis camarades. »

Margredel, le premier jour, avait servi au repas de midi quelques dérisoires tranches de pain, dans l'instant dévorées, disparues. Elle en a rapporté d'autres, six encore, un peu plus épaisses. Englouties. « *Brot, bitte schön* », a dit tranquillement Pacome. A ce coup, déjà riante, Margredel a posé pompeusement sur la table un pain entier long de presque un mètre, un très beau pain, doré, croustillant. Plaisant défi, gentille provocation publique. L'escouade française est entrée dans le jeu. Avant la fin du goulasch de chevreuil, notre Pacome a redemandé, apparemment aussi placide : « *Brot, bitte schön.* » Et ç'a été le grand rire unanime que Julien, aussitôt, a commenté à bouche close : « La bataille d'Offenbach est gagnée. »

Braves commensaux des bords du Main ! Rien que des hommes ; à partir de quarante ans barbus, presque tous porteurs de lunettes dont les minces montures semblent d'or. Affables, débordants de *Gemütlichkeit*. Des propos s'échangeant de table à table, dans un bilinguisme alterné dont l'expression trébuche un peu. Julien a senti tout de suite que son allemand scolaire bougeait, se « rassemblait », allait prendre l'essor : merci, messieurs, qui que vous soyez, professeurs, journalistes, courtiers, bons visages désormais quotidiens.

Il se lève, s'étire, allume une cigarette, revient s'asseoir et de nouveau s'accoude. A-t-il sommeil ? C'est autre chose, un déliement étrange qui l'étourdit un peu, le laisse disponible et passif. Il se morigène à voix haute : « Reprends-toi, mon petit père ! » Et il poursuit, continuant de parler tout haut.

« Voyons, il y a eu Strasbourg, les vieilles maisons reflétées dans l'Ill, et la tarte aux myrtilles de la Kinderspielgasse. Bon. Et après ? Ou plutôt avant ? » Etrange, étrange décidément. Le même vertige insidieux revient, semblable un peu à celui qu'il retrouve, à chaque réveil, au bord du jour inconnu qui commence ; mais en quelque sorte à rebours, dérobade plutôt qu'attente.

Bientôt sept heures, et pas une ligne. Il y a eu, dans la cathédrale, cet épisode scandaleusement bouffon dont ils ont ri, les misérables, au lieu d'en avoir contrition. Le bon Pacome était si heureux d'avoir retrouvé les siens ! Incapable de réprimer sa joie, expansif et bavard jusque dans ce lieu vénérable où sa voix, s'amplifiant sous les voûtes, faisait se retourner les têtes. Brigitte aussi riait beaucoup trop haut. Et tandis que leur groupe serré, dans une zone plus froide et plus sombre, passait devant un rang de confessionnaux, Pacome a feint de se fâcher : « Tais-toi, Britte ! Où te crois-tu, pécheresse ? A confesse ! A confesse ! » Brigitte, simulant l'effroi, a obliqué vers un confessionnal, a esquissé un agenouillement. Et juste à ce moment, à l'angle du transept, une ombre a surgi tout à coup, suisse ou bedeau, dans un cliquetis de clefs.

Comment Britte a-t-elle fait son compte ? Elle a dû accrocher son talon dans l'élan d'une fuite éperdue, entraînant le frêle édicule. Le confessionnal est tombé avec un bruit épouvantable, un coup de tonnerre brisant dont les volutes, l'une par l'autre enfantées, ont rempli l'immense vaisseau de grondements solennels et sans fin. Ils pensaient les entendre encore lorsqu'ils se sont retrouvés, sans dommage, devant les boutiques de la place, leurs chapelets et leurs cartes postales ; et aussi, dérisoirement mêlés à cette réprobation divine, les abois étranglés du cerbère germanophone : « *Heraus ! Heraus aus dem Lokal ! Ruchlosen ! Franzosen !* Wackes ! »

Ce mot-là... C'est fini de sourire. Le jeune visage s'est contracté, assombri. Une angoisse passe au fond des yeux perdus. Rhododendrons de Baden-Baden, romantique château d'Heidelberg, adieu ce soir, je vous reviendrai... Wackes ! Voilà où tendait son approche. Le même mot, une autre voix, plus rauque encore, plus méchamment vociférante, mille fois plus. C'était à Zabern, ah ! non ! Saverne. Le rayonnement de la Moselle française continuait de luire à leurs yeux. Ils ont choisi un restaurant, sur une pente douce. Une pergola de roses encore fleuries tamisait le soleil de midi. Sur l'autre versant du vallon, en contrebas d'une trentaine de mètres, une esplanade quadrangulaire soulignée d'une rangée d'arbres s'ouvrait dans le chaos des toits : la cour d'une caserne sans doute, déserte en ce milieu du jour. Il était tôt encore, ils étaient les premiers convives.

Une femme, à leur arrivée, est venue au-devant d'eux ; grande, majestueuse, un peu pâle, un peu lointaine. Julien a remarqué tout de suite ses yeux meurtris et magnifiques ; sa mise aussi l'a vivement frappé : une robe blanche, si « près du corps » que l'étoffe souple en paraissait mouillée. Sous l'avancée puissante des seins, une ceinture très large, une sorte de baudrier d'or sanglait étroitement la taille. Elle a tendu la carte et pris la commande sans un mot. « Etonnante, a dit Brigitte à peine se fut-elle éloignée. C'est une nixe, une apparition. Elle vient d'émerger pour nous ; pour toi, Julien, comme si elle te désignait... Vous avez remarqué ses yeux ? Deux abîmes couleur de fleuve, fascinants. On aurait dit une Lorelei d'antan, sa « parure d'or », son peigne d'or. J'ai vu, réellement vu sa chevelure ruisseler sur ses épaules. Méfie-toi, mon petit bonhomme. A ta place, j'aurais un peu peur. »

Ils ont tous ri, une fois de plus. Les hors-d'œuvre étaient savoureux, le Rüdesheim fruité à souhait. Un bouquet d'œillets, sur la table, exhalait par bouffées sa senteur fraîche et poivrée.

Et brusquement, dans cette paix heureuse, ces cris, cette voix rocailleuse, outrageante, ces invectives comme des coups. Cela montait de la cour à leurs pieds, les atteignait en plein visage. Ils s'étaient tous penchés, regardaient.

Toute la cour était vide encore, sauf deux hommes affrontés dont les silhouettes, dans ce désert, prenaient un relief saisissant ; l'une surtout, svelte, cambrée, tendue vers l'autre, celle-ci courbée, diminuée, avouant la crainte et l'humiliation. A cette distance, ils ne distinguaient point les visages, seulement ces deux silhouettes humaines si pathétiquement contrastées. Quoique de la même teinte verdâtre, leurs uniformes mêmes contribuaient à ce contraste, l'un lâche et terne, l'autre élégant et strict, de la haute casquette plate aux bottes de cuir miroitantes.

— Tu comprends, Pacome ? Qu'est-ce qu'il crie ?

Les invectives continuaient de monter, d'éclater dans le silence. Il n'était pas besoin de comprendre le sens des mots. Chaque éclat de la voix frappait, blessait, offensait. Julien, très pâle, s'était levé, se penchait de tout le buste. Il murmura :

— Ça va finir ? Non ?

Un haut-le-corps le secoua. L'officier avait levé le bras. Une fois, deux fois, il cravachait l'homme. Et, chaque fois, un mot hurlé appuyait le coup de cravache :

— Wackes ! Wackes ! [1]

— Allons-nous-en... C'est intolérable.

— Tu as raison, dit Gabrielle. Partons.

Ils appelèrent. Au lieu de la *Mädchen* qui les avait servis, ce fut la « Lorelei » qui apparut au bord de la pergola. Elle avança, majestueuse, impas-

1. Il s'agit d'un mot dialectal, outrageant, d'ailleurs difficilement traduisible : voyou, moins que rien... Lors de « l'affaire de Saverne », en 1913, le lieutenant allemand von Forstner s'est acquis une notoriété en proclamant « qu'il donnerait volontiers dix marks de sa poche à celui de ses hommes qui descendrait un de ces Wackes d'Alsace ».

sible, écouta Gabrielle en silence, s'inclina. Les cris, en bas, venaient de cesser, la grande cour était de nouveau déserte, à croire qu'ils avaient rêvé.

Un peu plus tard, lorsque Gabrielle eut réglé, la femme les regarda partir. Julien, dernier, passait devant elle, la frôlait, pâle encore et frémissant. Elle sembla s'animer, le regarda droit au visage. Souriait-elle ? Le garçon avait ralenti, surpris, gêné du trouble inattendu qui venait de traverser son corps. Il avait entrevu soudain, comme si la robe avait glissé toute, cet autre corps, si proche dans sa réalité charnelle. Le sang aux joues, il soutint néanmoins le regard de la femme. De quel lointain souriait-elle ? Elle parlait. Sa voix grave, musicale, s'exprimait dans un français facile, marqué d'un fort accent tudesque :

— Je connais cet officier. Il prend pension dans cette maison. Il est courtois, mais il n'aime pas les Wackes d'Alsace. Heureux séjour, gentil chevalier français. Mais pensez-y : à présent, vous êtes en Allemagne.

Un rêve, décidément un rêve ; dur et flou, insaisissable, obsédant. « Non, songe Julien, je n'ai pas rêvé. Je reverrai longtemps cette femme. Qu'est-ce qui m'est réellement arrivé ? Je l'ai regardée dans les yeux, de tout près, encore plus près ! Et j'ai vu, oui, ses yeux grandir, énigmatiques, profonds, couleur de fleuve. Ai-je perdu pied ? Ai-je dormi ? »

On vient de frapper à la porte. Il sursaute et crie :

— Entrez !

A la bonne heure. Paraissent Pacome et Blonde ensemble. Pacome le secoue à l'épaule :

— Tu te fais désirer, lâcheur ! Tu roupillais ? Allez, debout ! On t'emmène en vitesse.

Qui les suit ? Le long Lucien encore. Et derrière lui ? Cette silhouette inconnue, dure et déliée, à l'allure militaire, qu'il entrevoit sur le palier ? Pacome vient de se retourner, ouvre grande la porte et fait signe :

« Entre, Gunther.

Deuxième partie

I

Gunther a dit :

— N'en parle pas. A personne. Que ça reste un secret entre nous.

C'est la seconde fois qu'ils viennent là. Julien regarde, s'extasie et se tait. « Même pas à Blonde ? » pense-t-il de tout son cœur. Il se reproche d'avoir trop obéi aux initiatives de Pacome, à ce futile gaspillage d'heures, toujours suivis à travers la ville par l'indésirable Lucien. Il s'aperçoit qu'il a négligé Blonde, qu'elle lui manque, se promet de retourner vers elle, d'obtenir son pardon si elle a été chagrinée par son involontaire abandon. Mais leur amour, leur mutuelle confiance continuent de veiller en eux, stables et sûrs : un sourire effacera tout. Il n'a rien dit. Et pourtant Gunther a fixé sur Julien, sur « son ami », ce regard qui n'est qu'à lui, dur et tendre tout ensemble. dominateur. Il répète :

« A personne. Tu m'entends bien ?

Et il ajoute, comme averti par une troublante divination :

« Même pas à Blonde.

Ils sont sur le bord d'un étang, près des lisières de la forêt. C'est tout près de la ville, pas plus de deux kilomètres : quelques coups de pédales, et l'on y est.

Une forêt de hêtres colossaux, « une forêt allemande », a tout de suite pensé Julien, presque interdit au seuil de l'immense sanctuaire végétal. Quel culte célèbre-t-on ici ? Sur les autels de quels dieux nocturnes ? Les ramages d'oiseaux qui entrelacent dans les hautes cimes leurs trilles, leurs roucoulements, leurs traits fluides et lumineux n'atteignent notre ouïe, et de si loin, que pour rappeler à notre esprit la présence d'un monde oublié, irréel ou rêvé, et ainsi nous livrer plus sûrement à la réalité magique de la pénombre où nous entrons. Silence. Vaste silence immobile. Gunther a posé une main sur l'épaule de Julien. Tous deux se taisent. Leurs pas accordés s'étouffent dans l'épaisseur des feuilles mortes.

Admirables, solennelles ramures, amplement suspendues au-dessus de leurs têtes, de l'une à l'autre unies pour tresser ce dais immense, sombre et glauque, où les taches de soleil, comme les chants d'oiseaux aériens, exaltent les prestiges de l'ombre. Puissants et sveltes, entés chacun sur un soubassement moussu, les fûts, à perte de regard, ordonnent leur vivante colonnade. Solitaires et fraternels, moussus eux-mêmes aux bourrelets de racines qui les cramponnent au terreau profond, torsadés plus haut de stries noires, plus haut encore luisant vaguement de coulées mauves où transparaît l'argent des jeunes écorces.

« Par ici, chuchote Gunther.

Sa main appuie, Julien lui obéit. Gunther a pris une sente sinueuse. Les feuilles mortes, à leurs pieds, déploient une nappe continue, épaisse, d'une rousseur mordorée superbe qui par moments semble s'attiser d'elle-même, sourde lueur d'un brasier assoupi. Plus de sente, un rideau d'arbustes, des noisetiers, des petits aulnes serrés. Gunther écarte des branches, fait front, tête basse, comme un sanglier dans son fort. Il se redresse et dit :

« C'est là. Asseyons-nous. Causons.

Et c'est maintenant que Julien s'extasie, qu'il pense à Blonde et regrette son absence. Que ne peut-il partager avec elle ce beau secret, ce don de la forêt allemande ! Mais c'est Gunther qui est là, guide admirable, si vite devenu son ami. A quoi tient le prestige insigne dont Julien est devenu la proie ? En vérité, il a fondu sur lui, devançant toute alerte, tout réflexe, et ce retour sur soi que Julien s'était promis, cette investigation critique dont s'était prémuni d'avance le souci de sa liberté.

« Tu le jures ? dit Gunther. A personne ?

— A personne.

— Dis : je le jure.

— Je le jure.

Gunther sourit. La pointe de son regard s'émousse. Son bras glisse sur le dos de Julien, la main cherche et trouve son épaule. Le temps s'arrête, c'est la première magie. Et déjà une autre, ou la même, monte vers eux des eaux de l'étang. Innommé, oublions les mots. C'est un secret de la forêt, cette clarté verte, immobile et sans fond, et lisse, et qui chatoie là-bas de molles irisations nacrées. Où les maisons des hommes ? Et les grands hêtres mêmes ? pas de chaussée, pas de déversoir, pas de rives que ces souples arbustes : mariage des feuilles et de l'eau, étang perdu, rêve d'étang, nulle part dans la forêt.

Ils se sont assis sur une souche. Dans l'épaisseur des roseaux, tout près, des sillages furtifs s'allongent, propagent jusqu'à leurs pieds des ondulations silencieuses. Un oiseau noir paraît au bord de la roselière, un second, encore plus sombre, dont les ailes se glacent d'émeraude. « Des foulques », songe Julien dans une conjuration muette. Les oiseaux noirs sont rentrés sous les joncs, rappelés par quel oiseleur ?

— Qu'on est bien ! murmure Gunther.

Julien tressaille. Un souvenir surgit. Les mêmes mots... Qui donc les a dits ? C'était hier ou presque.

Il sourit : « C'est Gabrielle, sur la terrasse du Coteau. » Et lui, de toute son âme, en écho à la voix heureuse, il a répondu : « On vit. »

« On se sent fondre, dit Gunther. Toute la chair devient âme, et l'âme chair... C'est indicible. La nature cesse d'être en face, immense objet indéchiffrable. Elle monte, elle gagne, universelle marée. Que la lune brille — nous reviendrons Julien... —, son reflet sur l'étang attirera la nuit tout entière, et nous deux au cœur de la nuit. Les images bougent, les mots magiques bourdonnent : aile, amour, genèse, dieux cachés.

Julien presque inconsciemment a dérobé son épaule. Et, tout à coup, Gunther éclate de rire.

— C'est ma *Stimmung !* Je suis incorrigible...

« Comme moi, a pensé Julien avec un sursaut de joie. Tant mieux donc ! Il y aura rencontre ! »

« Pourquoi faut-il, poursuit Gunther, que d'une langue à une autre les mots essentiels soient les plus intraduisibles ? *Stimmung* moi, et toi *Sehnsucht*. Je pense que si tu allais, par miracle, au fond du sens de ces deux mots, je verrais quelques jolies ruades.

Et il rit de nouveau, avec tant de franchise contagieuse que son rire, aussitôt, gagne son jeune compagnon. Il regarde Gunther, son visage aux traits purs et fermes, beau visage d'homme désormais accompli, le front spacieux sous la chevelure coupée court, l'arc allongé des sourcils soulignant la voussure de l'orbite, exaltant la clarté bleue des yeux. Même fermeté dans le dessin du nez, des lèvres, bien dégagées par le rasoir. « Et il est mon ami ! », se dit-il avec fierté. Tout est net dans ce visage où s'affirment la virilité, l'énergie, la belle santé. Les ailes des narines frémissent, la chaleur du sang transparaît à travers la peau hâlée qui se bleute légèrement au menton, à la courbe des maxillaires. Pas un défaut, pas une tare. La denture, éclatante et saine, attire les yeux dès qu'il sourit, brille toute lorsqu'il se met à rire, comme en cet instant, « à belles dents ».

— Explique quand même, dit Julien. Ou essaie.

Et il pense, regardant toujours Gunther : « Mais il y a cette cicatrice. De la pommette à la naissance du cou, elle balafre toute la joue droite. Elle est profonde et vive encore. Cruelle. Bestiale... Dès qu'elle me saute aux yeux, j'entends la lame qui siffle et s'abat, éblouit dans l'instant qu'elle tranche. Un dixième de seconde, et cette marque pour toute la vie. »

L'impression est si vive qu'il porte la main à sa propre joue, qu'il sent, à partir de cette joue, irradier dans tous ses nerfs une onde glacée, instantanément brûlante.

— Ce n'est pas facile, répond cependant Gunther. Rappelle-toi ce que je viens de dire. On est anéanti, et d'autant plus conscient : une communion pressentie possible, mais encore et toujours refusée ; ineffable et désespérée. Une foudre suspendue, qui va frapper et ne frappe jamais. Et pourtant... Ce que l'on croit, même en état second, en rêve, en transe somnambulique, en *Stimmung*, cela sera. « *Was man glaubt, das sei gescheen* », tu saisis ? Celui qui atteindrait à cette grâce... — je m'exprime mal, elle ne se provoque pas, elle est donnée —, celui qu'elle ravirait à lui-même, celui-là aurait tout compris, tout prévu, il recevrait le don de prophétie puisque, aussi bien, comme la création tout entière, il serait dieu.

— Et ma *Sehnsucht ?* dit Julien.

— Attends un peu, nous y viendrons... Même à mi-pente, c'est un état de l'être inouï, inoubliable. Etre accordé, en harmonie, moins encore, pressentir qu'on *peut* l'être, c'est déjà un transport merveilleux. Quand tu seras un peu plus calé, je te ferai lire (entre nous) quelques-uns de nos romantiques. Pas votre Heine aux trois quarts français, ce « romantique défroqué — il l'avoue —, ce rossignol qui a fait son nid dans la perruque de Monsieur de Voltaire », mais des poèmes de Mörike, d'Hölderlin, ces *Klangbilder* où l'image est musique.

Il hoche la tête, suit des yeux, vers le fond de l'étang, un voile de brume qui commence à flotter sur l'eau. Ses lèvres bougent encore mais ne délivrent aucune parole. La brume tournoie, très lentement. La tête de Gunther tourne, comme aimantée, avec la même lenteur sidérale. Julien l'entend murmurer :

« Seule peut-être... oui, la musique. Entends-tu cette brume sur l'étang ? Qui chante ?

Il semble s'éveiller, retrouver près de lui le visage attentif, un peu anxieux aussi, de Julien. Il lui sourit, amical, chaleureux, redevient merveilleusement présent. Le voici détaché, plein d'aisance. Il pose question sur question, lance des traits anodins, des taquineries gamines qui provoquent aux reparties. Il parle un français correct, à peine gauche, presque sans accent : « Qu'est-ce que Julien pense de ses compatriotes, du ménage Weth, des habitués du restaurant Ulmett ?... Et des filles d'Offenbach ? Il y en a de jolies, non ? De Lotchen, la petite vendeuse juive du bazar, rue Schiller ? Et de Mlle Hasselnoss, madone du sanctuaire aux cigares en face de la gare centrale ? »

Julien s'empourpre. Encore ces maudits fards qu'il pique ainsi à l'improviste ; et pourquoi, grand dieu, pourquoi ? Il s'écrie :

— C'est cet imbécile de Lucien !

— Bien sûr, dit Gunther. A l'en croire, vous feriez de ces ravages...

— Idiot, grotesque, tête à gifles ! Il me le paiera, l'animal !

— Bien sûr, redit Gunther. N'imagine pas que

j'aie marché. Il est... comment dites-vous ? Un Parisien gros bec, un vantard tout en paroles. Il a parlé pour lui d'abord ; peut-être un peu aussi pour Pacome. Pour toi, non... Que dirait Blonde ?

Encore cette chaleur aux joues, insupportable. La colère monte, la révolte, contre la désinvolture de Gunther, contre lui-même aussi, qui sait ?

— Je t'en prie, dit-il d'une voix tremblante, je t'en prie une fois pour toutes : Blonde, c'est sacré.

Et il reproche :

« Ce n'est pas bien, Gunther. Je t'avais fait cette confidence, à toi seul... Oh ! non, ce n'est pas bien.

Gunther lui prend la main, la garde serrée dans la sienne :

— Promesse contre promesse, dit-il. Je respecte.

Ils sont restés un long moment encore, bavardant de tout et de rien, gais, insoucieux, sans épuiser le plaisir d'être ensemble. Gunther a loué la gentillesse « française » de Pacome, approuvé l'affection vraie, maternelle, qu'il a su inspirer à Mme Bausch. comme l'estime, affectueuse aussi, à Herr Bausch : il fait maintenant partie de la famille. De là passant aux gorges chaudes sur « l'ineffable » Lucien, enchérissant l'un sur l'autre avec une allégresse bruyante, une émulation rieuse où leur verve reprenait élan. Ses longs faux cols raidis d'empois, ses points noirs autour du nez, son ton précieux, ses complets ridiculement cintrés, sa brillantine et sa raie au milieu, tout y passait. Ils le singeaient à tour de rôle, improvisaient des scènes à deux où toute une théorie de tendres et gémissantes victimes venaient se jeter une à une dans les bras du sacrificateur. Et de nouveau, alternant leurs voix, ils cédaient à l'attrait des confidences murmurées, comme pour associer les absents à la plénitude de leur joie.

« Mon frère Wilfried ? disait Gunther. A vingt ans, c'est encore un enfant : la candeur même, la pureté, l'innocence. Il vit dans un empyrée où tout le monde est beau, bienveillant, transparent comme lui. On ne peut pas ne pas l'aimer, tu verras.

— Mme Roy ? disait Julien. Nous l'appelons tous Gabrielle. Par dévotion. Elle comprend tout, elle pressent tout. Depuis que son mari s'est tué... C'était un couple exceptionnel, radieux, comblé à tous égards. Je pense que sa douleur a dû passer l'imaginable. Elle aurait pu la consumer, la détruire, elle l'a au contraire sublimée.

— Ecoute, Julien...

— Gunther ?

— Pour rien au monde, déjà, je ne renoncerais à nos échappées, toi et moi...

— Ni moi, Gunther.

— Mais ne penses-tu pas que nous pourrions aussi nous réunir, sortir en bande ? Cela ne retirerait rien, au contraire, à nos rencontres dérobées ! Voilà presque dix jours que vous êtes arrivés et pas une fois encore nous ne nous sommes vraiment rejoints, Français et Allemands ensemble, solidaires, comme nous le sommes, nous autres étudiants, dans nos... encore un mot difficile à traduire, nos sociétés, nos confréries, nos *Studentverbindungen*. Camarade Julien, nous allons fonder ici une *Verbindung* franco-allemande.

— Sabre compris ? dit Julien.

— Sabre compris, et pourquoi pas ? On ne sait jamais à l'avance. Des visites, un thé hier, un bridge demain, est-ce que ça existe ? On ne se connaît pas. C'est absurde. Alors j'avais pensé... Parles-en à Gabrielle, à ses filles. De mon côté, je mobiliserai père et mère. Wilfried aussi, bien entendu, je suis sûr qu'ils seront d'accord. Nous sommes jeudi. Après-demain samedi, à la nuit, on se retrouve chez mes parents — nous serons dix si je compte bien — et je vous emmène tous, en bande joyeuse, au Moulin Vert. C'est une guinguette au bord du Main, sous les arbres, une vraie guinguette allemande, convenable, familiale, truculente, substantiellement nourrie, abreuvée, musicale, dansante, colossale... Mais qu'est-ce que je vais chercher là ? Vous verrez, vous verrez vous-mêmes. Je compte sur toi, Julien, pour entraîner ton monde, hop ! en plein bain, la tête la première. Ça te va ?

Il est debout, la lumière de l'étang derrière lui. Il s'est mis sur pied d'un bond avec une souplesse magnifique.

— Et comment ! exulte Julien.

Et il s'étonne encore de la chance qui le favorise, de l'attirance mutuelle qui les a si vite réunis, lui, le petit Français de Chasseneuil, le lycéen entre deux bacs, et ce prince d'outre-Rhin qui lui semble, en cet instant même, surgir magiquement du fond d'un passé légendaire, annonciateur de prodiges inconnus.

II

Ils ont vu d'abord, entre les arbres, une vague lueur fuligineuse, comme d'un incendie lointain. Ils étaient venus à pied en suivant le bord du Main. La nuit était sereine et fraîche, traversée par intervalles d'une lente brise. Et c'était alors à leur droite, lorsqu'ils longeaient quelque haute roselière, un froissement soyeux qui accompagnait leurs pas. L'odeur de l'eau, celle des menthes nocturnes, coulait, furtive, sur leurs visages. Le rideau des hampes aux longues feuilles s'écartait insensiblement, et ils voyaient de nouveau à leur flanc, révélée par des reflets d'étoiles, la surface sombre de la rivière. Elle semblait immobile ; mais soudain, étrangement proche, le clapotis du flot contre l'étrave d'une barque amarrée poussait presque jusqu'à leurs pieds le glissement tranquille du courant.

Ils parlaient peu, quelques mots parfois chuchotés, Allemands entre eux, Français entre eux. A peine s'étaient-ils entrevus dans le salon des Bausch avant de prendre la route. Deux ou trois kilomètres, ce n'était rien, une promenade : on irait par le bord de l'eau, on reviendrait par la forêt lorsque la lune se serait levée. Gunther ouvrait la marche, son frère Wilfried à son côté. Julien suivait, Blonde près de lui et la main dans la main.

— Par ici, avait dit Gunther, c'est tout près. Et soudain ils s'étaient trouvés sous des arbres, de grands hêtres espacés, monumentaux, que Julien crut d'abord reconnaître. Une angoisse légère l'effleura. Il quitta la main de Blonde, pressa vivement le pas pour se porter à la hauteur de Gunther.

— Où sommes-nous ? chuchota-t-il.

Et Gunther, de la même voix :

— Pas où tu crois.

« Il a compris, pensa Julien. Même si l'étang est près d'ici, qui donc pourrait le soupçonner ? » Et, suspendant cette fois le pas, il retrouva la main de Blonde, la pressa, l'éleva vers sa bouche.

— Ça va, toi ? Tu es contente ?

— J'ai un petit peu peur, dit Blonde. Je m'imagine toute seule sous ces arbres, perdue... Mais tu es là, toi, mon chéri.

— Nous arrivons, annonça Gunther.

Et c'est alors qu'entre les fûts des hêtres, vague d'abord et vite grandissante, ils virent la lueur qui les appelait. Au même moment, vers le même point de l'espace, la nuit résonnait sourdement, palpitait d'une scansion rythmée comme au battement d'un pouls souterrain. Déjà, l'un, puis l'autre, et bientôt des dizaines, grosses lucioles suspendues dans leur vol, des lampions orangés illuminaient le dessous des feuillages. Ils entrevirent des épaules et des têtes, rythmiquement balancées dans un embrasement poussiéreux, tandis que, brusquement, sur le même rythme puissamment relancé, éclatait le fracas des cuivres.

A présent dans la pleine lumière, roulés ensemble par les vagues sonores, la cohue serrée des danseurs, l'entraînement de la valse déroulant sa spirale sans fin, assaillis d'odeurs de chairs chaudes, de bière forte et de cidre mêlées, ils louvoyaient entre les tables, les chaises volantes laquées de vermillon.

« Par ici ! Par ici !

Encore Gunther, toujours lui. Il repérait de loin les sièges vides, s'informait, priait, s'inclinait, remerciait. En peu de temps il eut trouvé un coin propice, requis son frère, puis les trois Français :

« Julien ! Pacome ! Qu'est-ce que vous attendez ? Et toi, Lucien, *Gottverteufelt !*

Ils transportèrent une table, quelques chaises.

« Madame Roy, je vous en prie. Père, mère, tante Frieda, vous aussi, asseyez-vous. J'appelle quelqu'un, une seconde, on vous sert. Que voulez-vous ? Je m'en occupe. Nous autres, nous allons faire un tour, j'emmène toute la petite classe.

Et fait comme dit, de nouveau en pleine cohue. « C'est donc l'Allemagne ? se disait naïvement Julien. Nous y voilà, c'est le plongeon. Il est temps de refaire surface, de reprendre souffle un bon coup. » Il regardait partout à la fois, vers l'orchestre juché sur une petite estrade, sept ou huit musiciens en dolman bleu à brandebourgs noirs. Leurs joues luisaient, vernies de sueur. A chaque instant l'un d'eux se levait, se penchait pour saisir le plateau que lui tendait un serveur. Et tous, à tour de rôle, vidaient une chope, s'épongeaient le front, reprenaient leur trombone, embouchaient leur cornet à pistons. La même valse. Tourneraient-ils ainsi toute la nuit ? Pas de piste de danse, un espace approximatif réservé au cœur de la foule, plus dense en ce noyau qu'elle ne l'est partout ailleurs, pivotant, tournoyant, soulevant au battement des semelles une nuée de poussière fauve où fulgure, tout à coup, l'étincelle diamantine d'une noctuelle aussitôt consumée ; et derrière, en écran, la façade d'une bâtisse où bée l'entrée d'un four géant, qui ronfle, une gueule d'enfer insatiable où s'engouffrent sans trêve, formes sombres liserées de feu, d'autres épaules, d'autres têtes, la liesse d'une danse macabre qu'eût animée quelque Jérôme Bosch, truculent, charnel et joyeux.

Car l'entrain, la joie de vivre triomphent ici à pleins poumons, à rires sonores, à bourrades qu'appuient l'amitié, la bienveillance, l'universelle et candide bonhomie. Julien, très vite, se sent gagné, entraîné, heureux de l'être. Une excitation légère soulève ses pas, fait briller ses yeux.

— On danse, Blonde ?

Elle aussi a les prunelles brillantes, le rire aux lèvres. Wilfried a pris le bras de Britte, le serre très haut, dans la douce chaleur de l'aisselle. Celui-là ne rit pas, soupire, cherche des yeux les yeux de sa compagne. Julien entend Gunther qui prend à témoin Pacome : « Qu'est-ce que je t'avais dit, mon bonhomme ? Le voilà déjà amoureux, malheureux, ensorcelé. Avant la fin de la nuit, il pleure. »

Ils sont entrés, les sept jeunes ensemble, dans la fournaise du bâtiment, se fraient un passage dans la presse, déjà poussés contre le comptoir. Des saucisses grillent en crépitant. Des pâtés de porc, de venaison fondent à vue d'œil sous les tranchoirs, les chopes tintent dans les bacs de rinçage, débordent de bière mousseuse, aussitôt empoignées par l'anse, glougloutant au fond des gorges. Les cornichons croquent, la moutarde oint ; d'épais triangles de tarte circulent sur des assiettes, abandonnent au passage l'arôme des pruneaux chauds, des myrtilles de la forêt. Ils sentent des souffles sur leur nuque, se retournent quand un rire tonitrue, sourient à des visages souriants, tous offerts, tous désarmés, tous ouverts sur la joie de tous.

— *Bitte schön... Bitte schön...*

La pâte humaine s'entrouvre, se referme aussitôt derrière eux. Ils sortent, reçoivent ensemble au visage les flonflons de l'orchestre, le grésillement rythmé des pas, et, venue d'un au-delà sans rives, la fraîcheur de la nuit forestière. Il n'y a plus, à la table de ralliement, que Mme Bausch et tante Frieda, deux sœurs paisibles, contentes d'être ensemble, de grignoter des pâtisseries, de boire à menues gorgées la bière blanche.

— Où sont les autres ? Herr Bausch, Mme Roy ?

— Ils dansent.

Ont-ils bien entendu ? Ils se haussent sur la pointe des pieds, parcourent des yeux l'agglomérat humain qui continue de tourner en cadence sous les lampions de papier orangé.

— Je les vois ! crie soudain Brigitte.

Il faut bien en croire leurs yeux. Tantôt fondus dans la cohue, tantôt reparaissant à la rive d'un remous, Gabrielle et Herr Bausch dansent bel et bien au Moulin Vert. Brigitte et Blonde regardent, incrédules encore, hésitantes visiblement entre l'assentiment spontané et quelque chose en elles qui réprouve et qui les scandalise. Gunther aussi regarde attentivement. Aucune surprise sur son visage, mais une sorte de satisfaction à l'avance escomptée, imperceptiblement railleuse. Pacome, lui, n'est qu'à l'enthousiasme, applaudit, s'avance, crie « Bravo ! ».

Julien au contraire s'écarte, décontenancé profondément.

Voici la troisième fois que le couple passe à les toucher. Gabrielle sourit vaguement, d'un sourire immobile et heureux. Julien malgré lui se retourne, une fois de plus s'étonne, se contracte. A-t-il jamais connu la femme qui passe devant ses yeux ? Elle danse. Ce n'est pas aux bras de Herr Bausch qu'elle se confie et s'abandonne, mais à la valse, à la musique, à l'entraînement du rythme qui s'est emparé de son corps. Rajeunie ? Non. Jeune, simplement. Ou sans âge : une femme qui danse. Mais Julien ne s'en rend pas compte. Car Herr Bausch a le même sourire. Un peu plus grave peut-être, mais semblable, et que l'on pourrait croire complice. Julien suppute avec révolte : « Quel âge a-t-il, lui, le tanneur ? Pas loin de cinquante ans, c'est sûr. Il y en a d'autres ici, beaucoup d'autres, oui ; et après ? Ravis de s'accoupler, de transpirer et de souffler. Des barbons, des matrones, ça les regarde, je m'en fiche. Mais elle ! »

Il se rapproche malgré lui, cherche encore le couple des yeux. « Alors, il a suffi de quelques jours, de ce voyage, de cette guinguette allemande où Gunther nous a conduits pour nous changer inexplicablement, pour que rien ne *ressemble* plus, ni personne ? » Il imagine soudain la présence de témoins familiers, de ses parents, de Mᵉ Ledoux. Qu'est-ce qu'il dirait, le notaire Ledoux, s'il voyait de ses yeux, comme Julien en ce moment, Mme Roy, Gabrielle, tourner ainsi entre les bras d'un inconnu ? Il se sent dériver en pleine absurdité, s'interroge à présent sur lui-même : « Et moi ? Est-ce que j'ai changé ? En toute bonne foi, je ne crois pas. Gunther, bien sûr... Il m'a surpris, bousculé, distrait (c'est ça) hors de ma ligne. Mais ce n'est qu'un passage, un accident. Le fond est stable, je me retrouverai à mon gré. »

Il a un brusque mouvement du front, comme pour secouer ces idées importunes : « Qu'est-ce que je vais me fourrer dans la tête ? Pour Gabrielle aussi, c'est pareil, à plus forte raison encore. J'ai déraillé, ça ne m'arrivera plus. » Et il retrouve son visage habituel, la petite lueur d'ironie dans les yeux qu'allumaient ses irrévérences, fussent-elles lancées à sa propre adresse : « Merci, pense-t-il, Mᵉ Ledoux. Vous vous rappelez ? *Carpe diem... et noctem,* puisque nous y sommes. Ça va barder ! »

— Blonde !

Il l'a appelée, rejointe, il l'entraîne au cœur du bal. Une pause vient de dénouer ou d'éparpiller les couples, mais déjà l'orchestre reprend, enfle ses vagues, rassemble et brasse une cohue nouvelle.

— Toi aussi, Britte ? s'écrie Blonde.

Sa sœur les croise au bras de Wilfried. Eux aussi semblent s'élancer, se jeter dans la cuve sonore. La mazurka sautille dans la clairière, les verres grelottent sur les tables, un lampion qui prend feu éveille des cris aigus de femmes. Ils dansent sans que leurs corps se touchent. Ils se regardent tendrement, se sourient. Julien contient l'envie de resserrer l'étreinte de son bras autour de cette taille qui ploie, dont la vivante chaleur, à travers la robe légère, atteint sa paume, ne la quitte plus.

« Julien ?

— Blonde ?

Ils se sont retrouvés tout de suite. Leurs pas s'accordent, chacun de leurs regards les unit. Qu'est-il allé, encore, imaginer ? Cette impression soudaine qui l'a saisi sur le bord de l'étang, près de Gunther, de sentir son amie s'éloigner, se déprendre de lui, accepter insensiblement, mais si vite, de le voir ainsi s'exiler dans les brumes d'un pays « étranger »... Folies désormais effacées, oubliées. Les lui avouera-t-il un jour, par contrition, ou pour en rire ensemble ?

Britte et Wilfried viennent de passer si près qu'ils les ont presque bousculés. Le même entrain les unit tous les quatre, le même éclair de joie dans les yeux. Julien et Blonde pensent à l'unisson : « Ils sont beaux. » Réciproquement, Britte et Wilfried viennent de se dire la même chose. Le jeune Allemand rayonnait. Ces deux-là, oui, s'ils cèdent à l'emportement de la danse, c'est aussi parce qu'ils y cèdent ensemble. Ils se taisent. De loin en loin seulement Wilfried hasarde quelques mots. Exagérant exprès une confusion enfantine, il implore une indulgence qu'il se sent d'avance accordée : « Je ne peux pas bien le français. Jamais ai-je autant regretté... Elève Bausch mauvais, très mauvais. » Le rire éclatant de Brigitte leur parvient et aussitôt les gagne.

Ils se sont retrouvés à la table relais des dames. Gabrielle a demandé l'heure. Pacome a protesté, véhément :

— On ne va pas rentrer, quand même ?

— Je pense que si, a dit Gabrielle.

Sa voix, nette et tranquille, laisse percer une pointe d'agacement. Elle a dû s'en apercevoir, car elle ajoute incontinent :

« Cher monsieur, chère madame, nous vous devons un bien grand merci. A votre fils Gunther et à vous. Cette réunion, cette soirée, tout a été charmant, vraiment parfait. Mais c'est peut-être l'heure, n'est-ce pas ? de se montrer enfin raisonnables.

— Une heure et demie, annonce Herr Bausch.

— Vous voyez bien ! Tu vois, Pacome. Appelle tes sœurs et tes amis, nous rentrons.

Le ralliement a été laborieux, mais c'est fait. Au complet, bien groupés, d'un bon pas, ils marchent à travers la forêt. Après les hêtres, ce sont à présent des sapins, eux aussi serrés, colossaux. La lueur, le bruit se sont éteints ensemble. Quelques taches de lune, à leurs pieds, semblent presque phosphorescentes. Ces nappes bleuâtres, l'immense silence, le sol feutré d'aiguilles où s'étouffe le bruit de leurs pas prêtent à la nuit où ils cheminent une prodigieuse solennité.

D'abord silencieux eux-mêmes et la tête encore bourdonnante, ils se prennent peu à peu à parler, à voix basses, qui vont s'animant. Parents en tête, les jeunes derrière eux, des uns aux autres des lambeaux de phrases leur parviennent, prennent tout à coup une netteté saisissante qui les alerte malgré eux. Que dit Wilfried ? Touchant Wilfried ! Dans son français plus que trébuchant, avec un accent terrible, c'est une fable qu'il récite, un apologue ici saugrenu qu'un manuel d'autrefois a dû fixer dans sa mémoire :

« Un Arape, écaré dans le tésert, mourant te faim et te zoif, drouva par terre un petit sag de guir. Ach ! se dit-il. Si c'était des figues ou des dattes ! Le bôfre ! Ce n'était que des berles. »

Brigitte y va de son plus beau rire, un rire qui n'en finit plus. Tous les jeunes y font écho. Gabrielle presse un peu le pas.

— Madmeselle... poursuit Wilfried. Je supplie...

Silence. Entre les arbres, par intervalles, une trouée ouvre les hautes cimes, une ondée de clarté les inonde, attire leurs yeux vers le ciel. Et tout là-haut, dans un éloignement fabuleux, au fond d'un azur sombre que veloutent deux pâles étoiles, la lune resplendit un instant, effleure une branche et disparaît.

« Madmeselle, vous, si charmante...

Ils ont dû s'arrêter, derrière. Gabrielle se retourne, le temps de voir et d'entendre Wilfried, un genou en terre et la main sur le cœur, soupirer ces mots incroyables : « Je vous aime. »

Encore le rire de la jeune fille, si franc, si gai ; et soudain brisé net par une voix tranchante et dure :

— Brigitte !

Et aussitôt, plus âprement encore :

« Cela suffit.

Tous se sont arrêtés, interdits.

— Oh ! dit Brigitte, suffoquée.

— Ce n'est qu'un jeu, madame, ose dire Gunther.

— Oh ! exhale encore Brigitte.

Gabrielle se rend compte qu'elle vient de passer la mesure. Sa colère s'en accroît d'autant.

— Mais indécent, insiste-t-elle, et qui n'a que trop duré.

Il n'a fallu que peu d'instants pour que l'algarade dégénère, tourne à la violence et aux larmes. Brigitte pleure. Le ménage Bausch et Frieda, qui se sont discrètement écartés, se tiennent maintenant au seuil de l'ombre. Les voix se croisent dans une confusion haletante. Pacome adjure, Blonde entreprend de consoler sa sœur. « Maman !... — Madame !... — J'ai dit ce que j'ai dit. » Brigitte, maintenant, cède à son tour à la colère. Elle crie :

— Mais qu'est-ce que j'ai fait ? C'est indigne !

— Et tu ne t'en rends même pas compte, fulmine hautainement Gabrielle. Voilà le pire.

A présent Brigitte sanglote. Elle court vers un sapin, se laisse tomber au pied et déclare qu'elle n'ira pas plus loin.

« A ton aise, dit Gabrielle. J'ai tout le temps. J'attendrai ton bon plaisir.

Et, gagnant un arbre voisin, elle s'assied au pied et se tait.

La nuit d'été retrouve un long silence. Par intervalles, une coulée de brise éveille au faîte des arbres une rumeur grave qui naît de l'horizon, passe, et s'éloigne à l'opposé du ciel. L'aube est lointaine encore, mais l'air fraîchit. Vagues ombres par instants entrevues, ils vont et viennent entre les arbres, s'arrêtent, repartent, et de nouveau s'arrêtent. Tout cela, aux yeux de Julien, prend un aspect extravagant, hors du réel, et qu'il refuse de tout son être. Il se rend compte pourtant, amer et découragé, qu'il faut attendre, attendre encore, que toute intervention serait maintenant à contresens, relancerait à coup sûr une violence qui couve encore.

Il le saura le lendemain : c'est Pacome, le bon Pacome, qui a dénoué cet inconcevable imbroglio.

Julien a seulement vu qu'il se penchait vers sa mère, lui parlait tout bas à l'oreille, deux ou trois mots, tant cela fut rapide. A la question que Julien lui posera :

— Tu le demandes ? répondra Pacome. Je lui ai dit : « Devant des Allemands... »

Gabrielle alors s'est levée, a pris Brigitte par la main. Et tous sont repartis vers la ville, un peu transis et silencieux. Quand ils ont retrouvé la plaine, dans la lueur de la prime aube Julien a regardé tour à tour Gabrielle et ses filles, puis Gunther. Les trois Françaises allaient l'une près de l'autre, Britte entre sa mère et Blonde, bien ensemble, le visage rasséréné comme si rien ne se fût passé. C'est alors que Julien a cherché les yeux de Gunther. Il les a tout de suite rencontrés et Gunther, aussitôt, lui a souri. Mais le temps d'un éclair Julien a eu la certitude qu'il avait composé son visage, pas assez promptement toutefois pour lui dérober l'expression que Julien y avait surprise : ambiguë et pénible, où l'ironie et le sarcasme venaient aviver le plaisir.

Au moment où ils se quittaient devant la porte des Bausch, Wilfried a serré très fort la main que Julien lui tendait. Il l'a regardé intensément comme pour recourir à lui, lui demander, à lui d'abord, d'intervenir auprès de Mme Roy, de bien lui faire comprendre sa loyauté, la pureté de l'admiration que Mlle Brigitte avait éveillée dans son cœur, son chagrin d'avoir été cause... Il continuait de regarder Julien, deux grosses larmes prêtes à couler tremblaient au bord de ses paupières. Il murmura :

— Je voudrais tant dire...

Mais une voix a sonné dans la nuit :

— Alors, Wilfried ?

Julien sentit, à l'appel brutal de Gunther, la main qu'il serrait tressaillir.

— Bonne nuit, Julien, dit Wilfried.

Leurs mains se disjoignirent. Mais Wilfried, avant de s'éloigner, prit le temps de dire quelques mots dont Julien, bien des années plus tard, se souviendrait comme au premier jour. Il avait dit : « Mon frère est sans bonté. »

III

— Mon petit vieux, avait annoncé Pacome, j'ai campo toute cette semaine encore. Le père Bausch est un brave type. Il sait très bien que ces journées bénies je ne les consacre pas toutes, comme convenu, à ma chère famille, mais il fait gentiment comme si. Qu'est-ce qu'on s'offre, cet après-midi ? Tu es libre, bien entendu ?

Julien songe que ce même soir, vers cinq heures, il doit rejoindre Gunther au bord de l'étang secret ; mais qu'avant de s'échapper il a le temps d'accompagner Pacome dans une de ces « descentes en ville où le jeune Français d'Offenbach se plaît à faire les honneurs de *sa* cité ». C'est vrai que Pacome a changé. Sa puberté a été tardive, mais il semble qu'il se rattrape. Au Moulin Vert ou ailleurs, il a rencontré des filles, et des « baths », et qui aiment « blaguer ». Il poursuit, émoustillé d'avance :

« On se taille après le déjeuner, mine de rien ; on se retrouve au bistrot de la gare, on siffle un verre, et en avant !

— Tu as une idée ? dit Julien.

— Il me semble ! Puisqu'il n'y a pas mèche de décoller Lucien, on l'emmène, on l'exhibe dans ses exercices. On va lui rabattre la crête. Compte sur moi pour qu'il s'en souvienne.

Julien hésite encore. Chaque journée passe incroyablement vite. On ne peut pas parler, Dieu merci, de routine, ni de train-train. Et pourtant... On a « excursionné » aux environs, vers le Taunus jusqu'à Oberursel, une ou deux fois à travers Francfort où l'on a dûment admiré, jusqu'à l'intimidation devant tant de regards soudain fixés sur l'arrivant, les Holbein du Römer. On a canoté sur le Main, entre garçons, en chantant. Il y a eu une journée à Darmstadt, une autre encore à Heidelberg, tout au long de laquelle la pensée de Gunther n'a cessé de poursuivre Julien.

Au retour, encore transporté d'enthousiasme, il avait cherché son ami pour en prolonger l'enchantement : quelques heures merveilleuses, trop brèves et bientôt nostalgiques, à peine le temps de flâner en suivant les méandres du Sentier des philosophes, d'admirer de là-haut la ville couleur de brique chaude, les tours jumelles du Vieux-Pont au garde-à-vous sous leur casque à pointe, l'énorme ruine rose du Château dans les moutonnantes frondaisons de l'Heiligenberg.

L'université devait être en vacances. Les rues de la vieille ville étaient presque désertes. Sous l'enseigne du *Roter Ochsen* (Gunther lui en avait parlé, évoqué leurs beuveries, leurs chœurs, leurs chahuts d'étudiants), la taverne était à demi close, somnolente au soleil de la rue, et muette. Ils avaient repassé sous la porte du Vieux-Pont, regagné la rive droite du Neckar et de nouveau grimpé jusqu'au Sentier des philosophes. Le soir nimbait toute la vallée d'une lumière transparente et dorée. Sous des retombées de branches, par-delà des parterres fleuris, des gazons, ils dominaient la lente et majestueuse rivière. Des canots aux teintes vives y glissaient ; quand leurs avirons émergeaient, le soleil déclinant faisait ricocher sur leurs pales des reflets éblouissants.

Par le Sentier d'Hölderlin (Gunther encore, les livres qu'il lui avait prêtés, Brentano, von Arnim, Eichendorff... Son ombre sur le chemin, le son de sa voix qui passe), ils étaient descendus pour dîner vers un restaurant de la berge. Encore deux bonnes heures devant eux. Ils avaient choisi ce jour-là, justement, à cause d'une fête d'été dont Pacome leur avait parlé. Un dernier train les ramènerait vers Francfort où ils seraient un peu avant minuit. Six kilomètres jusqu'à Offenbach par les quais, le bord du Main, cela ne leur faisait pas peur. Ils chanteraient des chansons de route. Pacome avait acheté, au bazar de la rue Schiller, une petite flûte en celluloïd. Il leur jouerait le long du Main *le Régiment de Sambre-et-Meuse.*

Dans une grande salle vitrée, devant des truites de rivière à la chair exquise, blanche et ferme, mirant dans leurs verres à haut pied un Johannisberg plein de feu, ils avaient vu déferler sur la route une foule en marche, joyeuse, rapide, qui remontait vers le Vieux-Pont. La nuit, insensiblement, gagnait les eaux et les collines. De loin en loin une péniche basse, au ras du courant, passait dans un remous soyeux. Il faisait assez clair encore pour qu'ils pussent voir, se détachant de la rive opposée, un couple de grands cygnes, les ailes en conque, qui voguaient obliquement vers eux. Les deux oiseaux superbes étaient déjà au milieu du Neckar quand Blonde, ravie, avait tendu la main :

— Regardez ! Il y a un bébé derrière.

C'était vrai. Ils l'aperçurent ensemble, un flocon de cendre grise, un oisillon au cou tendu qui nageait vaillamment dans le sillage de ses parents. Tous les trois s'évanouirent dans l'ombre. Au même moment une gerbe de fusées illuminait le flanc de l'Heiligenberg, escaladait le ciel, éclosait en pluie d'étoiles, rouges, vertes, bleues, un instant dérivant, éclatant au zénith dans une pétarade cosmique, une dernière encore dérivant, éclatant à son tour et faisant trembler toute la nuit.

« Regardez ! dit encore Blonde. Le château...

Des feux de Bengale venaient d'embraser la façade démesurée. Des rangées de fenêtres s'illuminaient en même temps. La ligne des toits, le faîte des tours, les pans d'ombre dure, les décrochements soudain multipliés, on aurait cru voir apparaître, surgi magiquement du néant, un immense écran de toile peinte, un portant de théâtre né de la baguette d'une fée. La ville réelle au-dessous, ses toits, ses tours, ses flèches d'églises, le fleuve et la foule elle-même en prenaient à leurs yeux un aspect de fête fantastique : un rêve d'Allemagne hors du temps.

— Mes enfants, avait dit Gabrielle, pensons à l'heure.

Ils avaient repris pied dans la foule. Il y avait, en contrebas de la route, un chemin de berge qui épousait le bord de l'eau. Un écran de roseaux touffus l'en séparait par intervalles. C'est là qu'ils étaient descendus dans l'intention d'accélérer le pas, l'affluence y étant moindre. La lueur des lampadaires ne parvenait pas jusque-là. Ils croisaient des ombres chuchotantes dont ils sentaient, au passage, le frôlement ou la poussée. La lueur crue d'une pièce d'artifice balafrait soudain un bras nu, un visage, de hachures dures qui zébraient la peau pâle. Parfois aussi, dans l'épaisseur de la roselière, un froissement furtif, un mouvement des hampes serrées trahissaient des présences secrètes et faisaient se retourner Pacome. Julien avait saisi Blonde par le bras, la serrait étroitement contre lui. Par deux fois, s'étant penché, lèvres tendues, il avait rencontré sa bouche.

Jours de Francfort, de Darmstadt, mémorable journée d'Heidelberg, « descentes en ville » d'Offenbach, échappées vers le loueur de barques, joutes de vitesse à bicyclette sur les routes de la forêt, le temps s'écoule, rapide, excitant, décevant. Depuis la nuit du Moulin Vert, Julien traîne un malaise qui ne lui laisse guère de trêve, une sorte de lourdeur qui lui semble peser dans chaque fibre de son corps, une anxiété inexplicable dont il cherche en vain la cause.

Gunther a disparu le lendemain de l'algarade sans avoir daigné l'avertir, sans lui avoir donné le moindre signe de vie pendant une longue semaine d'absence. Il a reparu tout à coup, amical, pareil à lui-même, tantôt loquace, affectueux et taquin, tantôt taciturne et distant.

Depuis, ils se sont retrouvés deux fois sur le bord de l'étang secret. Peu à peu le silence, la solitude, la torpeur glauque des eaux où dormait le reflet des arbres ont rappelé le charme de leurs toutes premières rencontres. Mais l'euphorie a été fugitive.

Aussi longtemps qu'ils sont restés ensemble, une contrainte a pesé entre eux, que Gunther n'a rien fait pour dissiper, ou pour atténuer seulement. Non qu'il parût à Julien détaché, indifférent. Son attention était la même, un peu plus aiguë peut-être ; mais ses yeux trahissaient par moments une sorte de gaieté intérieure, d'amusement secret et jaloux. A l'instant où la confiance revenait au cœur de Julien, où les questions lui affluaient aux lèvres, une timidité ombrageuse paralysait sa voix ou l'inclinait à des paroles vaines qu'il sentait comme autant de mensonges.

Depuis quelque temps, l'air s'était chargé d'orage. Au restaurant Ulmett, lorsqu'ils entraient à l'heure habituelle, les cinq ensemble, il leur semblait que l'air, autour d'eux, creusait le vide d'une quarantaine. Plus de sourires, de propos échangés, de table à table, entre les habitués et leurs « amis français » ; des regards qui se détournaient, un silence général qui les renvoyait à eux-mêmes, à leur outrecuidante patrie, à leur ministre Delcassé.

De cela au moins, Julien avait osé parler à Gunther. Mais dès ses premiers mots Gunther avait haussé les épaules. « Qui bluffe ? avait-il dit. Vous, nous, les Anglais, tout le monde. Les diplomates finassent, la presse s'en mêle, le bon peuple s'énerve, c'est dans l'ordre. La guerre ? Si tu veux mon opinion, je n'y crois pas... pour le moment. Je te ferai passer demain un article du *Berliner.* Tu y verras que ces messieurs, entre eux, disent quelquefois la vérité. Ainsi de Monts, notre ambassadeur à Rome, a dit à votre Barrère : « Pas question de vous faire la guerre à propos de l'affaire marocaine. Trop d'aléas. Nous serons prêts en 1914. » Gunther avait ajouté en souriant : « Tu auras vingt-six ans, moi trente et un : nous en serons. » Et son sourire avait retrouvé le rayonnement de l'amitié.

— C'est entendu, Pacome, avait fini par répondre Julien. On laisse les vélos à la remise, naturellement. C'est toi qui prends Lucien en charge.

— D'accord, avait dit Pacome, le dadais, le navet, l'andouille.

Il jubilait, les joues épanouies, se frottait frénétiquement les mains, signe chez lui d'un excès d'allégresse. Déjà sur le seuil de la chambre, il modula un sifflement d'admiration :

« Dis donc, c'est rupin chez toi ! Un vrai caïd... Et avec ça indépendant, ni vu ni connu mon bonhomme. Quelle crèche ! On peut se laisser choir n'importe où, il y a des coussins partout. A midi, hein ? Chez Ulmett... Et tes tôliers, le père et la mère Weth ? Et leur fille, la belle, la mystérieuse, l'invisible Katel ? J'ai l'impression que tu me caches des choses.

— Si ça n'était pas toi, Pacome, je me fâcherais. Tu sais parfaitement pourquoi.

— On peut bien blaguer, dit Pacome. Alors, les Weth ?

— Autant dire que je ne les vois jamais. Frau Weth est comme une souris. Le temps d'un café au lait chez Ulmett, mon lit est fait, coussins compris ; la chambre idem, au grain de poussière près. Quant à Herr Weth, il tousse, le malheureux ; moins ces temps-ci, je suppose qu'il va mieux. C'est un curieux bonhomme, impressionnant : à croire que ses yeux voient des choses qui échappent aux regards ordinaires ; plutôt terribles, ou tristes, en tout cas pas marrantes.

— Et la fille ? Vas-y, quoi ! Confiance absolue.

— La fille ? Rien.

— Comment est-elle, au moins ?

— Crois-moi si tu veux. Jamais vue. Elle travaille à Francfort, il paraît, un doctorat de je ne sais quoi. Elle est toujours partie quand j'ouvre l'œil, toujours rentrée, bouclée chez père et mère quand je m'amène pour me coucher. J'ai essayé de la guetter, une fois ou deux, comme ça, tu vois... Rien à faire. Cette fille-là, mon vieux, c'est un mythe.

— Tu n'as pas parlé d'elle à Gunther ?

— Ça aussi, j'ai essayé. Motus. Mais toi, puisqu'ils sont fiancés, tu as bien dû la voir chez les Bausch ?

— Pas souvenir. Sans blague. Ou blague pour blague, prends-le comme tu voudras.

— Ça veut dire que tu ne me crois pas ?

— Mais si, mon fils. A tout à l'heure.

Une décision en emporte une autre. A l'instant où Julien avait consenti à rejoindre Pacome, il s'était juré à lui-même que c'en serait fini dès ce soir des tergiversations et des timidités. L'ascendant que Gunther, dès le premier abord, avait exercé sur lui, loin qu'il le jugeât abusif, continuait et continuerait de lui paraître dans l'ordre des choses. Son âge d'abord, une beauté virile si évidente qu'il y avait vu tout de suite comme un modèle vers lequel tendre ; et encore son intelligence, une culture ample et libre dont il prodiguait les richesses ; et aussi, et peut-être surtout, une sensibilité secrète et défendue, une arrogance latente, mais sur un continuel qui-vive, un refus de subir un attrait dont orgueilleusement il entendait rester juge et maître.

L'intuition de Julien le conduisait encore plus loin. Il convenait maintenant qu'il avait manqué de courage. L'attirance et le repli sur soi ne sont pas exclusifs l'un de l'autre. Demain non moins qu'hier chacun de ses silences et sa réserve même seraient perçus comme une dérobade. Il parlerait, quoi qu'il dût arriver. Et si bataille il y avait, il se battrait. Déjà son sang courait plus vite. Il eût voulu qu'il fût cinq heures et que Gunther déjà fût là. Le soir serait long à venir.

Pacome, tout de suite, avait pris la tête ; comme d'habitude, dès lors qu'on « allait en Allemagne ». Il y avait beau temps qu'il avait mis Lucien au pas. Le vétéran, c'était lui seul. Il parlait un allemand empirique, assez aisé pour faire illusion. Il connaissait Offenbach « dans les coins » — et Dieu sait quels sous-entendus suggérait le seul ton de sa voix ! Du haut de son expérience il s'arrogeait d'autorité la conduite des opérations, mais avec tant de cordialité, de plaisir enfantinement proclamé que ses deux compagnons s'en remettaient bonnement à lui, à ses « programmes » prémédités, à ses inspirations « du tonnerre ». Julien en souriait à part soi, sans vouloir se défendre d'un sentiment de supériorité tranquille, tout pénétré d'ailleurs d'une sympathie vive et sincère. « Un brave gosse », tel était le jugement qu'il avait formulé d'instinct, en y mettant un grand mouvement de cœur.

Cet après-midi-là s'annonçait pareil aux autres : une station au bistrot de la gare, un café-crème servi par Tête-de-Loup, ainsi nommé entre eux à cause de sa chevelure hirsute, un petit verre d'un rêche tord-boyaux, en hommes ; et la déambulation par les rues, des heures durant, le nez au vent, aux devantures, aux passants, d'abord aux femmes, et les défis lancés au Nicodème, au crâneur, à ses bévues, à ses mines ridicules, au dérisoire Lucien enfin, cible providentielle et toujours disponible dont Pacome, à longueur de jour, disait que « s'il n'existait pas il faudrait vite l'inventer ».

Mais il arrive que l'imprévu fasse la nique aux programmes les plus astucieusement conçus. Ce fut d'abord sous les espèces de Tête-de-Loup. C'était un rustre brun et trapu en instance de conscription. Ils le trouvaient affreux, malpropre, toujours ceint d'une grosse serpillière bleue qu'il maintenait relevée à hauteur des genoux par un cordon lié sur le ventre. Il leur arrivait souvent d'échanger sur son compte, en français, des remarques sans indulgence. « De l'hébreu pour lui », pensaient-ils. Mais ils comptaient pour rien leurs regards et leurs sourires. Tête-de-Loup leur avait voué une rancune solidement nourrie et d'eux trois insoupçonnée.

Ce jour-là, dès leur arrivée, sans provocation de leur part, il s'était planté devant leur table et s'était livré sous leurs nez à une mimique provocatrice, pointant sur chacun d'eux, tour à tour, un fusil imaginaire, faisant ensuite, du tranchant de la main, mine de se couper le cou. Et il avait lancé à l'appui un « *Franzosen kaputt !* » retentissant. Tout cela sans hargne apparente, la face hilare, comme une bonne plaisanterie joyeusement équivoque, mais l'intention n'en était que plus claire.

— Merci toujours, avait dit Pacome en se dressant de toute sa taille.

Malgré son visage encore fleuri d'enfance, sa carrure d'homme, sa membrure puissante frappaient aussitôt les regards. Face à face et penchés l'un vers l'autre, la table entre eux, ils se dévisagèrent un instant. Puis tous deux, d'un même mouvement, avec la même lenteur, se détendirent et se quittèrent des yeux.

A la bonne heure, cela commençait bien. L'incident avait éveillé dans leurs nerfs un frémissement qui persistait tandis qu'ils descendaient vers le cœur de la ville. Ils marchaient tous les trois de front en tenant la largeur du trottoir, sans s'écarter devant quiconque. Et l'Audace marchait à leur côté.

— Dis donc, Lucius Maximus...

C'était Julien. Toujours hanté par la pensée de l'étudiant, par l'impatience de le rejoindre et de se mesurer, d'égal à égal, avec lui, il venait de se rappeler un propos fortuit de Gunther lors de leur premier tête-à-tête.

« Qu'est-ce que tu es allé raconter à Gunther à propos d'Hasselnoss, de Lotchen ? Et à nous, alors, pas un mot ? C'est ça, rougis, faux frère, cachottier !

Il jubilait, commentait en lui-même : « Du premier coup ! En plein dans le mille ! » Le visage de Lucien avait pris aussitôt l'expression même qu'il avait escomptée, fuyante, cafarde, et dissimulant mal sous une réserve affectée un vaniteux contentement de soi. Insidieusement, Julien obliqua vers une rue transversale, un peu obscure, mais animée.

— Mais..., dit Lucien.

Trop tard. Ils étaient au seuil d'une devanture aussi discrète que cossue, aux boiseries vert sombre filetées d'or. Un pénétrant arôme opiacé s'en exhalait jusque sur la chaussée. Déjà Pacome avait poussé la porte. Un timbre résonna. Ils entrèrent.

L'odeur capiteuse régnait là, et la pénombre, et le silence. D'épais tapis d'Orient chatoyaient au pied des vitrines, dont ils sentaient à travers leurs semelles la douceur élastique et glissante.

— Messieurs ?

C'était donc là Mlle Hasselnoss ? Elle s'était levée au bruit du timbre et, debout derrière un comptoir, elle les regardait tous les trois, vaguement souriante et attendant. Ils s'étaient arrêtés presque au seuil, d'un même mouvement, comme médusés. Pacome, poussant son coude dans les côtes de Lucien, chuchotait entre ses dents :

— Vas-y ! Vas-y !

Mais l'autre restait muet, les traits figés dans un sourire parfaitement niais.

— Nous... voudrions des cigarettes, finit par balbutier Pacome.

Mlle Hasselnoss montra sur le comptoir une rangée d'énormes bocaux, tous pleins à déborder de cigarettes en vrac.

— Combien ? dit-elle.

Elle eût été intégralement impassible si une lueur d'amusement n'avait voleté au fond de ses yeux. Ils continuaient de la regarder, intimidés par sa beauté jusqu'à la fascination, saisis ensemble d'une peur rétrospective, déjà panique, devant ce qu'ils avaient osé.

De consentement public, Mlle Hasselnoss était une des gloires d'Offenbach. Cinq ou six ans auparavant, une épidémie de grippe maligne avait emporté ses parents. Ils comptaient dans la ville. Son père, grand expert en tabacs, dégustateur infaillible des havanes et des manilles, importateur avisé, faisait autorité auprès des connaisseurs. On venait de Francfort et de Wiesbaden même dans sa boutique-sanctuaire d'Offenbach. Demeurée seule, Mlle Hasselnoss, à la surprise générale, avait continué d'assurer le prestige et la prospérité de la firme. Elle avait hérité des dons insignes de son père, sélectionnait, triait et mariait les arômes, aspirait, flairait, palpait, auscultait à l'oreille les craquements révélateurs de la tripe et de la cape. De surcroît, elle était belle.

Elle avait à présent vingt-cinq ans. A l'apogée

d'un épanouissement magnifique, elle surprenait l'admiration et la déconcertait un peu : car ce qui frappait en elle, c'était une harmonie paradoxale, en tout cas inattendue, entre un visage aux traits purs, « angélique » (ainsi parlait la voix publique), et un corps opulent aux proportions parfaites, mais presque agressivement charnel.

« Comme ceci ? demanda-t-elle.

Julien sursauta, rougit, leva vers elle des yeux presque égarés. C'était à lui qu'elle s'était adressée, deux poignées de cigarettes dans les mains. Mais au-delà des mots allemands, il n'avait été touché que par la musique de la voix, limpide et chaude, pénétrante. Et tout à coup, avec une brutalité lente et douce, il s'était senti traversé par une onde puissante, inconnue, qui montait de son ventre à sa gorge, qui continuait de se soulever, de l'emporter, de le rouler irrésistiblement d'une même poussée égale, impitoyable, qu'il eût voulu supplier comme un être, adjurer de l'abandonner. Mais cela persistait, continuait.

« *Die Helfte davon ?* dit Mlle Hasselnoss.

— *Ia,* dit la voix de Pacome.

Ce fut cette seule syllabe, prononcée par une voix familière, qui le tira de sa stupeur. Ils prirent les cigarettes, payèrent et se retrouvèrent dans la rue. Pacome, tout de suite, avait recouvré sa gouaille :

— On a compris, fringant Lucius ! Amorphe, éteinte, la furia française ! J'ai eu honte...

Et, se retournant vers Julien :

« Quant à ton allemand, tu repasseras. C'est vrai que tu fais des progrès, mais il t'en reste encore à faire. *Die Helfte*, ça veut dirc...

— Ça veut dire « la moitié », fit Julien.

— Alors ? On aurait cru que le tonnerre venait de te tomber dessus. Qu'est-ce qui t'a pris ?

— L'odeur, je suppose, dit Julien. Entêtante, au bord du malaise...

— Et maintenant, les enfants, conclut Pacome, *sursum corda*, direction : la rue Schiller !

Tout le long du trajet ils ne cessèrent de brocarder Lucien. Les compliments outranciers, les énormes menaces alternaient en un feu roulant qui excitait et relançait leur verve. Le long garçon suivait, traînant le pas et déjà réduit à merci. De loin en loin seulement il risquait vers l'un, vers l'autre, toujours celui qui venait de parler, un regard qui s'essayait encore à fanfaronner quand même, mais qui n'était que pitoyable. Qui eût fait taire ses deux tourmenteurs ? Deux gamins en rupture de collège, déchaînés, acharnés, dont les bruyants éclats de rire faisaient se retourner des têtes et qui, d'être deux contre un et complices, n'avaient même plus conscience de leur joyeuse férocité.

Le bazar de la rue Schiller se trouvait dans un

étranglement où le soleil, même en cette saison, n'atteignait jamais le pied des murs. La pacotille occupait deux niveaux, un rez-de-chaussée où le fouillis, à force de rayonnages et de tiroirs, conservait une apparence d'ordre ; et un sous-sol où deux soupiraux, ménagés au ras du trottoir, n'en pouvaient mais contre l'odeur de cave et la retombée des ténèbres. On communiquait de l'un à l'autre par un frêle escalier en vis. La clientèle ne s'y bousculait pas.

« Bonjour, mademoiselle Lotchen ! lança Pacome.

Elles étaient là, en tout et pour tout, deux vendeuses, une blonde chlorotique aux cheveux raides et pendants, et cette Lotchen dont le triste Lucien, à maintes reprises et pour son malheur, avait laissé entendre qu'elle avait des bontés pour lui. C'était une brune aux cheveux noirs lustrés, au type sémite très marqué, dont les yeux sombres sous de très longs cils brillaient d'entrain, de gaieté insoucieuse et vive. L'une et l'autre étaient serrées dans un fourreau d'uniforme noir. Mais tandis que sous cette défroque la blonde dolente avouait une complexion malingre, disgraciée, Lotchen, de la poitrine aux hanches, laissait deviner un corps ferme, libre et souple, dont on eût dit à chacun de ses gestes qu'il s'accordait exactement à la vivacité et à la gaieté de ses yeux.

« Nous voudrions, mademoiselle Lotchen, dit Pacome, une flûte pareille à celle que vous m'avez vendue l'autre jour. C'est pour Julien, que je vous présente.

— C'est votre frère ?

— Pas exactement, pas encore... Mon beau-frère, mon futur beau-frère.

Et de rire. Lotchen dut percevoir la crispation secrète dont l'ombre venait d'altérer sous ses yeux le jeune et charmant visage. Son sourire s'éclaira davantage, si proche soudain, si spontané que Julien sourit du même sourire. Une chaleur passa dans leurs mains, les fit s'attarder une seconde à l'instant où elles se séparaient.

« Celui-là..., poursuivait Pacome en poussant Lucien devant lui.

Et, feignant de se raviser :

« Croyez-vous ! Je suis dingue, ou quoi ? J'allais vous présenter Lucius !... Pardonne-moi, heureux mortel. Et dépêche-toi de l'embrasser. On se retourne, on n'a rien vu.

— Mais..., dit Lotchen.

Un clin d'œil de Pacome l'avertit, la mit dans le jeu. Elle le laissa, un peu interloquée encore, continuer sur sa lancée.

— Méfiez-vous, c'est un terrible. Hein, Lucius ? Et qui cache bien son jeu. Regardez-le : l'innocence même, le bon Dieu sans confession...

— Laisse-le tranquille, fit brusquement Julien. Il a son compte.

Mais Pacome, comme s'il ne l'eût pas entendu :

— Il est en berne : nez en berne, cheveux en berne, tout en berne... un miroir, mademoiselle Lotchen, pour qu'il puisse s'admirer. Mieux que ça ! On te laisse un moment, Julien. Je l'emmène chez le *friseur* pour le faire un peu émonder, bichonner. Trente mètres plus loin, sur la droite. Tu nous y retrouves dans un quart d'heure.

— C'est vrai ? dit Lotchen lorsque les deux eurent passé la porte, c'est vrai que vous voulez une flûte ?

— Où est passée votre camarade ?

— Elle goûte, derrière les caisses aux jouets. C'est son heure.

A de rares intervalles le bruit d'un pas approchait dans la rue, dépassait la porte, s'éloignait. Ils se regardaient en silence, étonnés de leur solitude, comme pour apprendre au moins l'un de l'autre et fixer dans leur souvenir la réalité d'une présence, d'un visage encore inconnu.

« C'est en bas, dit Lotchen.

Elle aborda, le précédant, la spirale de l'escalier en vis. A chacun de leurs pas la rampe, le frêle bâti oscillaient autour du mât central. Après cinq ou six marches l'obscurité aveugla Julien.

Il trébucha, faillit tomber, souffla d'une voix étouffée :

— La main...

Et aussitôt, de la poitrine aux genoux, il sentit le long de lui l'étroit contact du corps que rencontrait le sien. Il ne referma pas les bras, ne chercha pas à resserrer l'étreinte. Son cœur, tout de suite, s'était mis à battre avec violence. Ces battements, le bruit de son souffle emplissaient ses oreilles d'un grondement énorme et confus. Il restait immobile, comme si le moindre geste eût pu briser irrémédiablement l'accord miraculeux qui lui était donné. Pendant une seconde démesurée, il lui parut que ce qu'il éprouvait le comblait d'une jouissance qui ne pouvait être, qui ne serait jamais dépassée. Le moment vint où le corps de Lotchen se détacha doucement du sien. Elle murmura, d'une voix pareillement oppressée :

— On n'y voit quand même pas assez...

Et lui, comme du fond du sommeil :

— Sans vous, Lotchen, je crois que je dégringolais.

Ils remontèrent presque tout de suite sans tenter de parler davantage, conscients aussitôt de la gaucherie et de l'insignifiance des mots qu'ils auraient pu dire. Pourtant, à l'instant où ils s'allaient quitter, Lotchen leva les yeux vers lui et elle dit, presque timidement :

— On s'embrasse ?

Ce fut elle qui chercha ses lèvres, les baisa en appuyant les siennes, de son mieux, appliquée et gentille. Il parut à Julien que sa bouche était froide, désagréablement mouillée.

IV

En passant devant l'Hauptbahnhof, il leva les yeux vers l'horloge du fronton. Elle marquait cinq heures moins dix. Il se mit à courir vers la « maison des Françaises », traversa au galop la cour aux dalles de ciment, empoigna son vélo dans la remise toujours ouverte et s'envola vers la forêt.

L'étang, dans sa ceinture de saules et de petits aulnes noirs, reflétait en son centre un nuage rond, très lumineux, qui semblait comme un signe venu des autres rives du monde. Gunther n'était pas encore là. Les foulques glissaient, silencieuses, à la frange de la jonchère. Julien s'assit sur leur souche habituelle, suivit des yeux, un moment, la danse d'une grande tipule dont les longues pattes effleuraient l'eau ; et elle rebondissait aussitôt, verticalement, comme si la surface de l'étang eût soudain changé de substance, immense plaque de métal miroitante que ses yeux d'homme avaient surprise au cœur vert de la forêt. Il y eut, derrière lui, un glissement dans les feuillages et Gunther surgit devant ses yeux. Il sursauta :

— Tu étais là ?

— Je t'attendais.

Et déjà Gunther s'était assis et sa main, du même geste familier, se posait sur l'épaule de l'adolescent. Une fois de plus Julien admirait l'insigne souplesse, l'aisance de ses moindres mouvements. De surcroît, dès son premier regard, il lui avait semblé que Gunther abordait cette rencontre dans des dispositions de cœur tout inclinées vers la confiance, l'amitié, l'échange heureux. Il se tourna vers lui et lui sourit. Grâce à Dieu, c'était bien cela : le sourire de Gunther avait le même âge que le sien.

— Ça va, Julien ?

Julien montra l'eau calme, le reflet aérien du nuage.

— *Le nuage et le fleuve cheminent,* récita-t-il à mi-voix. Ici, j'aime mieux, c'est l'immobilité heureuse : le nuage et l'étang se contemplent.

— Mais ce n'est qu'une apparence, dit Gunther. Tout s'écoule, tout échappe.

— Une trêve alors ; du moins, je le répète, heureuse. Laisse-moi le croire et m'en réjouir, cher Gunther, avec toi.

Un long moment passa. De la même voix que Julien tout à l'heure, retenue, un peu psalmodiante,

Gunther reprit les vers du poème de Mörike :

Et mes yeux enivrés chavirent.
Mes pensées flottent çà et là.
Je voudrais quelque chose... Quoi ?

Il prit un temps et, d'une voix changée, prompte et directe :

« Tu te rappelles ? Ici même, le premier jour, à propos du sens de certains mots à peu près intraduisibles, j'ai dû divaguer un peu.

— Ta *Stimmung,* oui, dit Julien. Et ma *Sehnsucht.* Je me rappelle très bien, Gunther, jusqu'à tes paroles mêmes, et jusqu'aux « jolies ruades » dont tu me créditais d'avance si je comprenais « par miracle » le sens de ces deux mots-là. Tu m'as parlé ensuite de *ta* Stimmung et j'ai tâché, de tout mon cœur, de comprendre, j'ai cru comprendre, et je n'ai pas rué. Après... Je m'en souviens aussi, était-ce à dessein ? Tu m'as parlé de vos romantiques, de leurs poèmes, de ton désir de me les faire connaître, et tu vois, je les ai lus, je continue... Mais lorsque je t'ai demandé du même cœur : « Et *ma* Sehnsucht ? », tu m'as répondu légèrement : « Attends un peu, nous y viendrons. » Et puis rien. J'attends toujours.

— Mais nous y sommes ! dit Gunther. « Mes pensées flottent de çà de là. Je *voudrais* quelque chose et ne sais pas ce que je veux. » Comment ne pas te reconnaître ? Au lieu de « pensées », ou en outre, dis : appels, aspirations, désirs ; songe aux manques, aux vides douloureux, à la faim que cela suppose. « Est-ce joie ? Est-ce souffrance ? », dit Mörike. Et mon ami Julien ne sait pas. Même si l'enfant a cru savoir, l'adolescent ne sait plus, ne sait pas. Et même s'il rit, s'il chante sur la route, il est triste, la *Sehnsucht* est en lui.

Gunther avait tourné la tête du côté de son compagnon. Un peu plus grand que lui, à demi penché vers lui, il paraissait ainsi le guetter. Son attitude eût fait penser à un affût, à quelque secrète prise de garde. Mais Julien secouait lentement le front et, si sa voix tremblait un peu, la colère n'y était pour rien.

— Tu es plus fort que moi, Gunther, plus âgé, plus riche d'expérience. Je crois surtout qu'il y a en toi une clairvoyance, un don d'intuition redoutable ; mais je pense que tu te trompes. Appels, désirs, aspirations, bien sûr. Et tant mieux ! Mais tristesse, mélancolie, non. Et lâche complaisance, encore moins.

— Ne subtilisons pas, dit Gunther. Et ne soyons pas dupes des mots. Est-ce de toi qu'il s'agit, Julien ? Je réponds oui. Et j'ajoute, pour que tout soit clair : de moi aussi. Qu'il y ait, en tout état de cause, outrecuidance à vouloir percer l'énigme que vous pose un autre vivant, à porter sur lui un jugement, j'en suis d'accord s'il ne s'agit que d'un jeu, d'une gageure de dilettante. Mais il arrive que l'on y soit contraint, absolument, par une curiosité profonde, essentielle, qui tient à ce qu'on est soi-même, qui exige une réponse claire à partir de laquelle et par laquelle on sera désormais obligé, orienté. Je suis allemand, Julien, corps et âme. Tu es français, français, français. Au point que tout de suite ç'a été à mes yeux comme une incarnation. Obsédante, je ne te cache rien. Et puis quoi, tu le sais bien, tu es charmant. Pacome ? Un gentil garçon, mais sans poids, le tour en est vite fait. Lucien, n'en parlons même pas. Et te voici, toi, inopinément, avec ton ardeur, tes élans, tes retraits, cette espèce de rayonnement qui t'accompagne et qui séduit, qui *détourne* malgré qu'on en ait du chemin que l'on entend suivre. Tu as dit un mot tout à l'heure : redoutable. Pourquoi ? Cesse de te méfier, Julien. Ai-je assez baissé ma garde ?

— *Auf der Mensur ?* dit Julien.

Gunther sourit, appuya un peu plus la main qui touchait l'épaule de Julien :

— Allons-y. J'entends cliqueter les sabres. Qui commence ?

— Je n'ai rien contre toi, dit Julien, sinon précisément la méfiance que tu me reproches et qui est de ton côté. Baisser sa garde suppose qu'on l'avait prise. Et cela peut n'être qu'une feinte. Attaque donc.

Ils se sentirent soudain, ensemble, incroyablement requis, responsables l'un en face de l'autre d'un enjeu qui les dépassait ; Julien surtout, à cause de l'éloignement, de cet étang dans sa ceinture d'arbres serrés, de la lumière opaque et glauque, si dissemblable de celle qu'il aimait, qui avait caressé ses yeux. Il entendait, toute proche, ample et calme, la respiration de Gunther, s'étonnait tout à coup d'être là, partie dans un affrontement inégal que lui imposait le destin, le hasard, mais au seuil duquel il repoussait la honte d'une dérobade ou d'un refus. Il attendait. Dans un retour de pensée rapide, mais véhément, il évoqua Gabrielle et ses filles, le bon Pacome, les unit tous dans une même effusion, s'affirma : « Je n'ai pas peur », écouta intensément : Gunther parlait.

— ... Qu'est-ce que tu croyais ? disait-il. J'ai d'abord rencontré un enfant. Il m'a parlé d'une petite ville, d'un coteau, sur la Loire, d'un jardin et de deux grands tilleuls, mais de ses parents jamais. Un elfe, un oiseau de passage, sans attaches, sans astreintes d'aucune sorte. Pas de lycée, pas de punitions, un royaume, un éden, un paradis d'éternelles vacances. Non ?

— Continue, continue, dit Julien.

— Heureux païen, il a choisi ses dieux, ses dieux-femmes. Il rêve « à la chaleur du sein ». Innocence. « Vert paradis des amours enfantines » — moi aussi, j'ai lu tes poètes —, premiers émois, transports imaginaires, j'aime et je suis aimé, bouderies, sourires, un peu, beaucoup, passionnément : c'est à la vie et à la mort.

— Pitoyable, commente Julien.

— A ce point ? enchaîne Gunther. Je résume donc : amour de tête, fabulation puérile. Inexistant.

Julien hausse les épaules, un frémissement court dans ses nerfs. Ce serait révoltant si ce n'était d'abord dérisoire. Mais Gunther le regarde, et la lueur aiguë que Julien, déjà, a vu passer dans ses yeux en traverse l'acier bleu.

— Trêve d'apologues, dit l'Allemand. Entre Blonde et toi, même si tu n'en as pas conscience, je te le dis, moi : c'est fini. Elle aussi, elle a fabulé. Elle aussi, comme toi et sans le savoir davantage, elle fait sa mue. Et le monde inconnu qui est déjà le sien, même si, enfant d'hier, elle a souhaité encore et peut-être cru t'y voir, je te le dis : tu n'y es déjà plus. Assez ! J'ai de quoi te confondre. Tu parlais de *Mensur ?* Le sais-tu ? Souvent, au-delà de l'apparence, celui qui va être touché, c'est lui qui se jette au-devant, comme s'il tendait la joue à la pointe qui le balafre. Regarde-moi, ose me dire si je mens. Quand tu es arrivé tout à l'heure, à peine si je t'ai reconnu. Si tu m'avais crié, à ce moment-là : « Je suis un autre ! » je t'aurais répondu : « Je le vois bien. » Tu avais la figure d'un petit mâle qui vient de faire l'amour, et qui reste inassouvi. Est-ce que je mens ? Même si ce n'est pas matériellement, pas tout à fait la vérité, je dis que c'est encore plus vrai ; et plus tragique, tu l'apprendras, tu n'auras jamais fini de l'apprendre. Est-ce que je mens ? Réponds ! Cesse de me provoquer...

Il s'écarta, prit durement sur lui, les mâchoires si serrées que leurs muscles roulaient sous la peau, réussit enfin à sourire.

« Pardonne-moi, Julien. Ce sont tes yeux, leur regard... Je ne peux pas les supporter.

Et, d'une voix plus calme, presque tendre, il répéta :

« Réponds-moi.

Julien, encore silencieux, continuait de le regarder. Ce fut Gunther qui détourna les yeux. Et ce fut lui encore, comme s'il eût rendu les armes, qui continua de parler :

« En ce moment, oui, tu me détestes. Ou plutôt je te fais horreur. Tu as raison, Julien, je te comprends. Le temps viendra...

— Mais pourquoi ? dit enfin Julien.

— Chut ! dit Gunther. Aujourd'hui, je te vois saigner. Et je t'aime.

Une heure plus tard ils étaient encore là. Les fumées de la brume vespérale commençaient à tourner vers le fond de l'étang. A l'approche de la nuit les chants d'oiseaux, par-delà les petits arbres sombres, exaltaient leur sonorité à travers l'invisible hêtraie. Ils s'étaient allongés dans l'herbe, gagnés peu à peu l'un et l'autre par une demi-somnolence qui ouvrait le chemin à la paix.

— Julien ?

— Oui ?

— Nous sommes ici ?

— Oui.

— Ensemble ?

— C'est à toi de le dire, Gunther.

— Je crois que oui... Te rappelles-tu la fin du poème de Mörike ? C'est en toi que je voudrais qu'il chante.

Et de sa voix seconde, basse et comme incantatoire, il récita :

O mon cœur, dis-moi
Quel souvenir tu tisses
Dans l'ombre d'or des verts rameaux ?

— Tu oublies le dernier vers, Gunther : *O Jours ineffables d'autrefois !* Quand saurons-nous vraiment ce qu'ils auront été ?

— Tu vois bien que tu changes, dit Gunther.

Un peu plus tard, il se remit debout d'un bond, revint s'asseoir sur la souche, montra la place à son côté.

Et, quand Julien s'y fut assis :

« Je dois rentrer, dit-il. On m'attend chez Katel Weth. Son père va mieux, le temps est au beau fixe, nous partons demain pour Kronberg, en plein Taunus. Nous rentrerons le lendemain soir dimanche. Tout un événement, tu vois. Il faut préparer ça de près... Et vous ?

— Rien de prévu, dit Julien, du moins à ma connaissance.

— Comment ! Personne ne t'a rien dit ? Ni Pacome, ni mon frère Wilfried ? Il paraît qu'on mijote, entre la tannerie Bausch et la maison des trois Françaises, une équipée sensationnelle. Ils auront voulu t'en faire la surprise, et je viens de vendre la mèche.

— Alors, puisqu'elle est vendue, dis-moi tout.

— Une ferme-auberge perdue, au plus sauvage de la forêt, dans un endroit qui s'appelle le Nid du Faucon, *Falkennest*. On y sert un cidre fameux dans des cruches de quinze litres. Raffinement, ou vieille tradition paysanne : on y noie des quartiers de pêches, certaines pêches, des filles du terroir. C'est délicieux, mais le mélange est traître. Méfie-toi !

Il prit un temps, esquissa un sourire.

« Remarque : je ne serai pas là, sévère témoin de vos débordements. Amusez-vous, déchaînez-vous, tu me raconteras tout après.

Il se leva, prit les mains de Julien, les garda un moment dans les siennes. Son sourire s'était éclairé.

« Mardi soir ici, même heure ? D'accord ? Ou mercredi... De toute façon, je laisserai un mot chez toi.

V

La nuit du cidre aux pêches devait marquer d'une empreinte singulière la mémoire des participants : par le caractère sauvage du site auquel Gunther avait fait allusion, par les détours d'un itinéraire qui en retardait l'accès, par l'imprévu des épisodes qui allaient faire de chaque heure, cette nuit-là, une tentation, un leurre ou un piège. Ainsi allait-elle accéder aux privilèges de la légende par la rigueur d'une genèse en quelque sorte fatale, par la puissance d'une poussée intérieure qui suscitait une vérité plus forte que la vérité.

On avait briqué les bicyclettes, gonflé les pneus à juste pression. Dames et jeunes filles, en culottes bouffantes, apparaissaient à demi travesties, pimpantes, étonnées elles-mêmes et rieuses de se voir ainsi transformées. Herr Bausch et Wilfried révélaient des mollets avantageux, bien pris dans des bas de laine verte ; et de même un de leurs vieux amis. le Dr Franz Roëner, en qui les six Français s'étaient plu à reconnaître un des habitués du restaurant Ulmett. Pacome, Julien et Lucien avaient serré le bas de leur pantalon dans des pinces à bicyclette.

Ce fut ainsi un peloton serré qui sortit de la ville et prit la route vers le Nid du Faucon. Ils étaient onze, cinq Allemands, six Français. Ils avaient devant eux presque trois heures de jour encore. Même si l'on flânait en chemin, même si quelque erreur de parcours allongeait un peu le trajet, on arriverait avant la nuit. Le temps était radieux. Une brise bienveillante, poussant doucement aux reins les pédaleurs, favorisait l'effort et l'entrain. Ils furent très vite dans la forêt.

— Quels beaux arbres ! dit le Dr Roëner.

C'était, aussitôt reconnue par Julien, la grande futaie de hêtres où se cachait l'étang secret. Une sente s'amorçait à leur droite sur la petite route forestière.

— Par là ? dit Blonde en la montrant. Je parie pour un raccourci.

— Ma pauvre fille ! s'écria Julien. Tu piques tout droit sur Offenbach.

— Ça ne mène nulle part, dit Pacome ; ou ça nous ramène sur cette route. Ce sont des pistes de forestiers. Si nous voulions les explorer toutes, nous y serions encore demain.

Julien, pesant sur les pédales, avait déjà entraîné toute la bande. Il respira, libéré de l'angoisse qui l'avait alerté au passage. Sa pensée, aussitôt, l'orienta vers Gunther. C'était hier la première fois que son ami avait parlé de Katel Weth. Aussi bien cette réserve, dès qu'il pouvait s'agir de sa vie personnelle, semblait-elle être systématique. C'était la première fois aussi que Julien s'en avisait avec une netteté si franche, dans une lumière d'évidence aussi péniblement aiguë.

D'où était venue, cette fois-ci, cette dérogation surprenante à l'attitude ordinaire de Gunther ? L'avait-il délibérée ? Alors pourquoi ? Dans quel dessein ? Le groupe serré de ses compagnons de route, l'animation des voix, le ronflement des pneus sur l'empierrement, l'alacrité du train qu'ils menaient, l'attrait de la soirée promise avaient tout de suite éveillé en Julien un sentiment de solidarité physique chaleureux, amical, dont la présence le libérait peut-être de l'envoûtement d'une autre présence, et ainsi des inhibitions qui troublaient sa lucidité. Il songea, surpris lui-même d'une réaction si prompte : « Au diable Gunther ! Vive la vie ! » Et aussitôt, prenant le bras de Blonde qui pédalait à son côté, donnant de la voix et du timbre, il accéléra l'allure, entraîna sa compagne et prit le commandement.

— Tu es fou ! Tu es fou ! disait Blonde.

Elle riait, une mèche folle dans les yeux. Elle s'était coiffée pour la route d'un chapeau de paille plat, une sorte de canotier souple qu'une longue épingle piquée dans ses cheveux maintenait tant bien que mal. Dans l'élan brusque où l'avait entraînée Julien cette coiffure avait glissé, penchait maintenant vers son épaule et menaçait de s'envoler.

« Pouce ! criait-elle entre deux vagues de fou rire.

Il fallut s'arrêter. Les autres défilèrent devant eux tandis que Blonde, ayant plié un mouchoir en longueur et le passant par-dessus son chapeau, s'efforçait vainement de le nouer sous son menton.

« Il est trop court, dit-elle, riant toujours. Passe-moi le tien.

Elle noua ensemble les deux mouchoirs, en fit une sangle qui, rabattant contre ses joues les bords de son canotier, encadra son menu visage et vint boucler en un tournemain une mentonnière rustique et charmante. Du fond de cette coiffe paysanne, les yeux animés et rieurs, le teint rosé, elle regardait Julien, l'associait à sa joie. Et il pensait avec délectation : « Qu'elle est jolie ! Comme elle ressemble à Blonde, celle qui me regardait ainsi entre les feuilles des framboisiers ! »

« Mais c'est le Main ! dit-elle soudain à l'instant de se remettre en selle.

C'était le Main. Il avait suffi qu'elle se retournât pour que la rivière apparût, toute proche. En peu d'instants ils rejoignirent la colonne, la remontèrent d'autorité. Des vergers de pommiers, chargés de fruits, cachaient à demi la berge, ses touffes de saules, son herbe grasse. Puis elle se dévoilait toute, à quelques mètres en contrebas, et ils en suivaient des yeux les lents et paresseux méandres.

— Ça va ?

— Ça va !

A mesure qu'ils remontaient, ils interpellaient au vol les cyclistes qu'ils dépassaient. C'était comme une revue joyeuse. Premiers rattrapés, en serre-file, Pacome escortant Lucien.

— On fait gaffe, Lucius et moi, lança Pacome. Si jamais ça se disloquait, on serait là pour raccommoder. A partir de maintenant, personne ne connaît plus la route. Sauf Herr Bausch, ou il le prétend. Mais sa cavalière le distrait.

— Quand même, Pacome ! dit Blonde. Pense un peu de qui tu parles.

— C'est tout à sa gloire, dit Pacome.

— Pauvre Lucius ! dit Julien dès qu'ils furent un peu au-delà. L'as-tu vu sans sa casquette ? Je ne sais pas comment Pacome s'est arrangé : il a trouvé le moyen de le faire tondre par le coiffeur, à ras. Plus de raie, plus de brillantine. Il a l'air d'un bagnard, ou d'un piaf tombé du nid. Ton frère va un peu fort, je trouve.

— Mystère des cœurs, dit Blonde avec une gravité comique. Lucien ne jure que par lui. Et d'ailleurs, Pacome l'aime bien.

Ce furent ensuite Brigitte et Wilfried. Ils pédalaient très près l'un de l'autre, leurs guidons à se toucher. Ils rayonnaient de santé heureuse, tout à la joie d'être ensemble, d'offrir leurs fronts à la coulée de l'air, de bavarder laborieusement dans un idiome franco-allemand qu'ils inventaient à leur usage.

« Salut, sœur ! *Achtung*, Wilfried ! Un peu plus près, et c'est la pelle.

Herr Bausch et Gabrielle, qu'ils dépassaient à présent, semblaient aussi naïvement heureux, aussi jeunes ; comme si le jour, l'heure, la promenade eussent trouvé en eux des miroirs fidèles et parfaits. Le tanneur, empressé, déférent, parlait avec une lenteur attentive, prodiguant les « Madame » et appuyant chacun d'eux d'une petite inclination de la tête. Gabrielle l'écoutait, vaguement et sereinement souriante, et sa propre attention s'accordait à la voix masculine sans qu'elle comprît le sens des paroles que celle-ci prononçait. Et de même Herr Bausch, sachant qu'elle ne comprenait pas, n'en continuait pas moins, pour entretenir en lui l'illusion d'être compris.

Venaient enfin, les trois ensemble, le Dr Franz Roëner entre Frau Bausch et tante Frieda. Le docteur, barbu de crins dorés jusque sur le bout rond de son nez, les yeux plissés de jubilation sous les verres de ses lunettes, les deux dames à cheveux gris, aux bons visages si semblables qu'on les eût prises pour deux jumelles, pédalaient du même rythme égal. Et leur vaillance donnait à croire qu'ils étaient capables d'aller ainsi au bout du monde.

Mais Julien, en tête à présent, sauta à terre à la volée, fit volte-face, moulina vers eux à grands bras.

— Descendez ! Descendez tous !

— Que se passe-t-il ?

— Le bac !

— C'est bien ce que j'avais pensé, dit placidement Herr Bausch.

Debout et groupés, tous les onze, au milieu de la chaussée, ils pouvaient voir que la route, après un léger tournant, basculait tout droit jusqu'à l'eau. Sans le moindre ouvrage protecteur, sans plate-forme d'embarquement, comme entraînée par sa déclivité même, elle entrait pesamment dans l'eau et s'y abîmait tout entière.

— Il était temps, Messeigneurs ! dit Pacome. Alors, on passe ?

Ils se mirent à hucher en chœur. Sur la rive opposée, abritée par un bouquet d'arbres, une maisonnette attirait à elle un rayon de soleil oblique qui frappait en plein sa façade. Deux vaches pie, couchées dans l'herbe, ruminaient au bord de l'ombre.

— Ohé ! Ohé !

Le passeur enfin apparut, détacha sa barque, piqua vers eux à grands coups de rames. Ils ne purent passer qu'en deux fois, l'esquif n'étant qu'un bateau de rivière, lourd et plat, calfaté de goudron. Pas de poulie, pas de câble aérien tendu pour tenir au courant : la seule force des bras de l'homme, un grand paysan maigre, aux joues encharbonnées par une barbe de huit jours.

— Falkennest ? répondit-il à une question du docteur. Encore dix bons kilomètres. Et ça grimpe.

Ils furent de nouveau sous les arbres. A mesure qu'ils allaient plus avant la forêt devenait plus dense, la futaie faisant place à l'exubérance anarchique des coudriers, des bourdaines et des viornes. Puis les grands arbres réapparaissaient, chenus, rongés de lichens, tordant leurs maîtresses branches dans une louche lumière de crypte. Pacome sortit sa petite flûte, en tira des sons grêles qui se perdirent dans l'épaisseur des fourrés. Des racines à fleur de terre bosselaient parfois la sente où ils devaient rouler à la file. On entendait alors, au passage de chaque machine, un outil grelotter au fond d'une sacoche, ou le faible tintement d'un timbre qui marquait le cahot.

Le passeur l'avait dit : ça grimpait. Mais leur joie tenait quand même, relancée par la trêve d'une descente, la traversée d'une clairière blonde où gouttelait une source au passage, où se ranimaient vite, derrière eux, les chants d'oiseaux qui s'étaient tus à leur approche.

Le soleil se couchait quand ils atteignirent Falkennest. Alors il leur parut que toute fatigue s'en allait d'eux, délicieusement. Le routin venait de déboucher dans une clairière assez étroite que le retour inattendu du jour, la splendeur fauve de la lumière agrandissaient soudain jusqu'à donner, presque magique, une sensation d'illimité. Mais dès leurs premiers pas, avec la même soudaineté, il leur parut que la forêt, avançant de toute sa masse, se refermait déjà sur eux.

Ils étaient arrivés par l'ouest, le soleil juste derrière eux. C'était leurs ombres, en s'allongeant devant leurs roues sur l'empierrement rose du chemin, qui les avaient livrés aux enchantements de l'heure et du lieu. Ils regardaient, presque incrédules, attirés, étrangement émus. La coulée du soleil ruisselait à travers une futaie ancienne, plus solennellement belle que toutes celles qu'ils connaissaient. Chaque tronc, frappé à contre-jour, s'enlevait sur un embrasement d'or avec une puissance fantastique, une pesanteur minérale et vivante, que le regard en s'attardant voyait s'empreindre d'une couleur bleue très intense, somptueuse, à la limite de l'irréalité. A l'opposé, juste en face d'eux, très haut pardessus les cimes des arbres, une pointe de roche aiguë, une sorte d'étrave barbare s'avançait en surplomb sur le ciel de la clairière, si farouchement tendue qu'elle donnait l'illusion de l'élan et que les frondaisons, de part et d'autre, semblaient s'ouvrir sous son tranchant et refluer en bruissant le long de ses flancs invisibles. Grise sous des coulées ferrugineuses, la roche se diaprait de plantes rupestres où brillaient çà et là, mousse rose, des touffes de joubarbe fleuries, et plus haut, en frottis orangés, de larges plaques de diatomées. Entre la futaie de l'ouest et la roche, sur tout le pourtour de la clairière, la forêt refermait ses houles sombres, ses épaisseurs impénétrables.

Il fallait presque la toucher pour découvrir la ferme qu'ils cherchaient. Longue et basse, à demi enfouie sous les fougères, elle semblait tapie au fond d'une dépression que marquait, du côté où ils l'abordaient, un talus si abrupt qu'on avait dû y tailler des marches. Dès qu'ils levaient les yeux, ils revoyaient très haut, en plein ciel, le surplomb énorme du roc.

On les avait déjà entendus. Avant qu'ils eussent touché à l'huis, la porte s'était entrebâillée. Ils appuyèrent leurs bicyclettes au mur, pénétrèrent à la file dans la fraîcheur et la lourde pénombre d'une salle si basse, si écrasée sous un plafond de poutres brutes qu'ils baissèrent instinctivement la tête. Il leur fallut quelques instants pour accommoder leur vue, pour découvrir une très longue table, sombre et polie, et aussitôt, posées sur elle à chaque bout, deux cruches de grès bleuâtres, massives, dont les flancs vernissés attiraient et réfléchissaient le peu de jour qui stagnait sous les poutres.

— Vous avez apporté les pêches ?

— Mais... non. Bien sûr que non, dit Pacome. Il fallait ?

— C'est l'habitude, dit la même voix.

Une voix d'homme puissante, bien timbrée, qui attira leurs yeux vers le fond de la vaste salle. Il y avait là-bas une cheminée dont les jambages de maçonnerie soutenaient une hotte monumentale. Une faible lueur bleutée en tombait sur les cendres de l'âtre. Jointe à celle qui venait de deux étroites fenêtres, elle permettait au bout d'un moment de distinguer les quelques meubles posés contre les cloisons, une maie, un vaisselier, une horloge, et deux lits se faisant vis-à-vis au fond de deux encoignures.

« On les apporte dans des seaux, disait la voix, des seaux exprès, en cuivre ; pelées d'avance. C'est rien que pommiers par ici. Quand même, on pourra s'arranger.

L'ombre, vers la cheminée, bougea, prit corps et s'avança vers eux.

— Mais asseyez-vous donc ! Vous voilà tous plantés debout... Y a des bancs.

L'homme leur souriait à larges joues, un gaillard dans la force de l'âge, presque un géant, superbe, avec des bras d'abatteur d'arbres, des yeux clairs, d'un gris un peu glauque où flottaient des lueurs de sous-bois. Il se révéla loquace, affable, tout de suite empressé :

« Attendez voir. Nous allons vous préparer tout ça, ma femme avec notre aînée, vous verrez, elle n'a que quatorze ans mais déjà rudement débrouillée. On voit des gens, vous savez. On est connu. A preuve vous. Seulement, dame, puisque vous avez oublié les pêches, va falloir que j'envoie Kasper en chercher tout de suite au village. Ça va prendre une petite heure... En attendant, asseyez-vous dehors, au bon air. Juste sous la roche : il y a des tables et des chaises. Orchel va vous servir un cruchon, histoire de vous mettre en train.

— En colonne par un, dit Pacome. En avant !

Amusés, ils obtempérèrent. L'imprévu, le sentiment de l'aventure, l'imminence de surprises nouvelles, tout contribuait à entretenir en eux une bonne humeur à fleur de nerfs, excitante, contagieuse, dans une attente pleine de promesses. Ils découvrirent tout de suite, derrière un rideau d'aristoloches, une petite aire sablée où semblaient se morfondre quelques chaises de bazar et deux tables taillées à la hache. Orchel parut, fraîche, avenante, les avant-bras nus, sa ronde et forte poitrine comprimée, sur son corps de robe, par un corselet de velours noir. Elle eut vite fait, trottant de la ferme à la table, d'aligner onze verres et de poser une cruche au milieu :

— Juste pour amuser la bouche, dit-elle. Pas de meilleur dans toute l'Allemagne.

Et de servir, toujours prestement. Il n'y avait pas assez de chaises pour tout le monde, mais assez de grosses pierres autour de l'aire pour asseoir tout un bataillon. Ils s'égaillèrent, chacun son verre en main. Le diapason des voix monta aussitôt d'un ton.

— Où est passé Pacome ? remarqua tout à coup Brigitte.

Tous alors, les mains en porte-voix, d'appeler vers les quatre horizons :

— Pa-come ! Pa-come !

— Je vais le chercher ? dit Wilfried en se levant.

— Assis ! Assis ! Il reviendra tout seul.

— Comment trouvez-vous ce breuvage ? dit Herr Bausch.

Son verre à la hauteur des yeux, il mirait le cidre couleur de miel.

— Fort, très fort, dit Blonde qui s'engouait.

— Fruité.

— Corsé.

— Généreux.

— Bondissant.

Un rire éclatant fit se lever toutes les têtes. A cent pieds au-dessus d'eux, juste à la pointe de l'éperon rocheux, la silhouette de Pacome se détachait en plein ciel. Ils le huèrent à l'envi, dans une rafale de cris discords :

— Hou ! Hou ! Idiot ! Ah ! c'est malin...

— Tristes rampants ! exultait Pacome. Homoncules, poussières, vibrions ! Je suis Wotan. Silence en bas !

Gabrielle s'était levée. De son ton le plus digne, la tête renversée en arrière, elle l'adjura :

— Recule, Pacome, s'il te plaît. Une pierre peut s'ébouler, le vertige te gagner, je t'en prie...

— Je suis magnanime, dit Pacome, et bon fils. Ta prière me touche, je descends.

Et son rire se perdit dans la nue.

Au moment même où il reparaissait en bas, riant toujours, un gamin d'une dizaine d'années trottait à travers la clairière. Et Pacome, sur sa lancée : « Hep ! Là-bas. C'est toi Kasper ? C'est toi qui vas chercher les pêches ? Demi-tour. Arrive ici, monte là-dessus, je t'emmène.

Il le hissa sur son porte-bagages, sauta en selle et démarra.

— Quel bon garçon ! dit Herr Bausch.

— C'est un vrai chef, dit Lucien.

Ils s'attardèrent encore, jouissant de la pureté de l'air, de la transparence du soir. Le ciel, insensiblement, prenait une douceur exquise à mesure qu'il se décolorait. Quelques martinets, les ailes en arc, y menaient une ronde légère, entrelaçant leurs orbes et les longues stridences de leurs cris. Gabrielle, ses filles, Julien les suivaient des yeux dans le ciel ;

et, lorsque leurs regards venaient à se rencontrer, la même mémoire les unissait.

Il leur parut que Pacome et Kasper venaient à peine de les quitter lorsqu'ils entendirent tout à coup le rire éclatant du Français et le caquetage du garçonnet. Déjà les meilleurs amis du monde. Ils rapportaient les pêches, dans des seaux de cuivre, en effet, qui étincelaient comme des coupes d'or. L'odeur qui s'en exhalait, capiteuse, pénétrante, leur mit tout de suite l'eau à la bouche.

— Tout est prêt !

Le géant les appelait du seuil.

Une lampe-suspension éclairait le milieu de la table, resplendissante d'une patine d'un brun chaud, admirable, où se miraient en vis-à-vis les deux cruches monumentales. Au lieu de verres, onze chopes à couvercle marquaient les places des buveurs, devant chacune d'elles une assiette. Orchel et sa mère étaient là, on eût pu croire qu'elles les avaient guettés. Avant même qu'ils se fussent assis, elles s'élançaient, empoignaient chacune l'une des cruches et, puissants sourciers du cidre, sans chanceler sous la charge énorme, sans qu'une goutte rejaillît sur la table, faisaient gicler et tinter dans chaque chope un beau jet rond, plein et roux comme un jonc d'automne.

A partir de cet instant, ils se sentirent entraînés tous dans un ballet irrésistible, hors du courant familier des jours, hors du temps, dans un ailleurs à demi rêvé, intensément réel pourtant, spectateurs et acteurs à la fois. Ils mangeaient, buvaient, bavardaient, insoucieux de tout contrôle, livrés à la même euphorie, pareillement conscients de céder à l'attrait peut-être insidieux d'une évasion quasi magique, bonne à vivre en tout cas, heureuse d'être ainsi partagée.

Diligentes, attentives, les deux serveuses renouvelaient dans leurs assiettes les tranches d'un jambon translucide que traversait, lorsqu'ils portaient une bouchée à leurs lèvres, la roseur éclatante du sang. Aucune chope qui restât vide. Les quartiers de pêche, imprégnés des essences du cidre, libéraient en fondant une saveur complexe et subtile, un arrière-goût entêtant d'éther où se fondaient, l'une par l'autre exaltées, les fragrances de la drupe fraîche et celles de la pomme fermentée. Le cidre en proposait une combinaison plus franche, où le sucre et l'alcool associés entretenaient la soif avec un succès constant.

Le moment vint assez vite où ils eurent glissé de concert dans une béatitude fraternelle qui confondait les âges et les nationalités. Parfois, pour l'un, pour l'autre et toujours à l'improviste, le monde extérieur venait frapper leurs sens d'une image, d'un phantasme déconcertant, mais dont la matérialité ne souffrait pas de démenti : le tavernier-bûcheron trônait au bout de la table, majestueux sous le dais de fumée que suspendait au-dessus de sa tête une pipe inextinguible, au tuyau long comme un sceptre, au fourneau de porcelaine glorieusement enluminé.

Ils riaient sans cause, parce que l'un d'eux avait ri, parce qu'un autre venait d'appeler Orchel celle des deux femmes qui n'était pas Orchel. Kasper dormait, le front sur la table ; Gabrielle caressait ses cheveux. Un cri long, lamentable passait dehors, en frôlant la fenêtre, s'étirait interminablement, s'enfonçait au cœur de la nuit. Silence. Naissait, montait au loin un autre cri, un glapissement scandé que jetait vers eux la forêt. Le fumeur psalmodiait, olympien, dans un enroulement de volutes :

— Les huants sortent... Le renard chasse. La forêt parle.

Et voici qu'il était debout, et qu'il chantait :

Cent fois cent ans,
Les nids ont pépié sous les branches
Les faons bêlé sous les fougères
Cent fois cent ans
Les tambours du sang sous l'écorce
Ont battu pour le renouveau...

La voix était puissante et belle. Le Dr Roëner, marquant la mesure de la tête, le visage illuminé, fredonnait l'air à bouche close.

— Tante Frieda ? dit tout bas Herr Bausch.

Et tante Frieda, d'une voix limpide et souple, mêla son chant à celui du bûcheron. Ils eussent écouté toute la nuit, tant les deux voix s'accordaient l'une à l'autre, tantôt fuguant en libres harmonies, tantôt se rejoignant dans un émouvant unisson. Ils chantèrent ainsi, pour l'émerveillement de tous, quelques mesures de chorals très anciens, de quel passé surgis et revivant ? La flamme de la lampe, au-dessus de leurs têtes, bleuissait, battait comme une aile, tirant par éclats hors de l'ombre la pâleur d'un visage, le modelé d'une main sur la table. Et soudain elle s'éteignit.

Ainsi furent-ils ramenés à la notion d'une réalité positive, à la conscience de leur propre corps, à l'évidente torpeur de sommeil qui venait de l'envahir. Des allumettes craquaient. Des mèches de chandelles pétillèrent.

— Mon Dieu ! dit Gabrielle en regardant la montre épinglée sur sa poitrine. Il va être bientôt minuit.

— Seulement ! claironna Pacome. Tant mieux donc ! On n'a pas fini de rigoler.

Il fallut vérifier les lanternes et les allumer une à une. Par chance, aucune ne défaillit. Les ténèbres étaient opaques. Mais au-dessus de la clairière le ciel sans lune apparaissait très pur, les étoiles y brillaient d'un éclat extraordinaire.

« Tout le monde paré ? dit Pacome. Alors, à mon commandement.

— Tu nous fatigues, dit Brigitte. Nous pouvons nous conduire tout seuls.

— Ha ! Ha ! Vous l'entendez, l'innocente ? Question préalable, ma fille : pour aller où ?

— Mais... à Offenbach, dit Brigitte.

— Itinéraire ?

— Cette route d'abord. Il n'y en a pas d'autre, impossible de se tromper.

— Et puis ?

— Et puis le bac.

— Voilà ! conclut triomphalement Pacome. Vers une heure du matin, je pense. Et c'est toi que nous déléguerons pour sonner le réveil au passeur.

— Alors ?

— Alors remerciez le ciel de ce que l'un de nous au moins ait gardé quelques idées nettes... soyons honnête : se sente capable, providentiellement, de rattraper son sang-froid à la course. Il faut rester sur cette rive du Main et continuer, continuer encore jusqu'à ce qu'on rencontre un pont.

Les questions se précipitèrent :

— Où ? Lequel ? Tu le connais, ce pont ? Jusqu'à Francfort ?

— Ça... dit Pacome en écartant les bras.

La colonne démarra sans que le conciliabule eût pris fin. Du moins s'étaient-ils ralliés aux dernières instructions de Pacome. Les lanternes dansaient à la file, entre des arbres fantomatiques. Heureusement, l'épaisseur même du couvert avivait assez leur clarté pour que la petite route, d'un coup de pédale au suivant, révélât ses sinuosités. Frau Bausch et tante Frieda, le Dr Roëner dans leur roue, ouvraient la file et réglaient l'allure. Venaient ensuite Herr Bausch et Gabrielle, puis Britte et Blonde ensemble, que rejoignait de front Wilfried dès que la route s'élargissait un peu. Et de même Lucien, à l'arrière-garde, évoluait de Pacome à Julien avec une fantaisie dont les brusques écarts eussent défié toute vigilance humaine.

« Il est complètement soûl, dit Pacome. Etourdissant de virtuosité. Que Gambrinus l'assiste, et nous avec !

Lucien l'avait entendu. Il se redressa d'un sursaut.

— Moi ? cria-t-il. Tout le monde, oui, tout le monde est paf. Excepté moi.

— D'accord, Lucius, dit Pacome.

Et, baissant la voix, pour Julien :

« La preuve est faite : critère absolu. J'ai bu, tu as bu, nous avons bu. Nous fermentons de cidre aux pêches, c'est magnifique. Lui seul, l'ilote... Oh ! Par exemple !

Et il se mit à crier devant lui :

« Attention en tête ! Serrez à droite ! Danger...

Lucien s'était couché sur son guidon et, poussant comme un furieux, il dépassait les uns et les autres et disparaissait dans la nuit.

Ils continuaient d'aller, les muscles chauds, vaguement hallucinés par l'énorme mur de ténèbres qui ne cessait de les précéder, et que repoussait à mesure la lueur dérisoire des lanternes. Le chemin, presque constamment descendant, les entraînait ensemble avec une régularité tranquille qui les maintenait dans cet état second, au demeurant agréable, où le mouvement circulaire de leurs jambes, la fraîcheur de l'air sur leur front conjuraient au fil des minutes les maléfices sournois de la forêt et de la nuit. Mais soudain Pacome tressaillit, toucha du doigt le bras de Julien.

— Quoi ? dit Julien, du ton d'un homme brusquement réveillé.

— Ce carrefour...

— Eh bien ?

— C'était le chemin du bac ! Veux-tu parier qu'il s'y est engouffré ? Recta, comme si je le voyais. On y va.

Ils firent un demi-tour sur place et s'élancèrent sur l'embranchement.

« Pourvu que... Pourvu que..., haletait Pacome en forçant sur les pédales. Tu le vois entrant dans la flotte, tête baissée sur son guidon ? Vite ! Vite !

Ils le trouvèrent dans le fossé. entre sa bicyclette dont une roue tournait encore et le poteau qu'il avait heurté. Tout près, à quelques mètres, le reflet d'une grosse étoile trahissait la présence de l'eau noire. A demi hébété encore, Lucien reprit vite ses esprits, comme si sa chute l'eût dégrisé du coup.

— Tu as un beau coquart, dit Pacome en dirigeant sur lui le rayon de sa lanterne. Rien de cassé ? D'aplomb ? Il va falloir en mettre un coup si nous voulons rattraper la colonne. Ta casquette...

Il la ramassa dans l'herbe et la lui remit sur la tête en l'appuyant d'une tape affectueuse.

« Tu peux dire que tu es verni ! Qu'est-ce que tu as à te fendre la pipe ?

— Ça, dit Lucien.

Et il montrait du doigt, au faîte du poteau qui l'avait durement arrêté, un mot qui s'étalait sur la largeur de l'écriteau : les quatre lettres du mot *HALT* ; plus le point d'exclamation.

Peut-être n'eussent-ils pas de sitôt, comme l'avait prescrit Pacome, « rattrapé la colonne », si celle-ci ne les eût attendus. C'est du moins ce qu'ils crurent d'abord. Dans un espace mieux dégagé où la forêt suspendait ses houles, un petit pont routier en dos d'âne enjambait un ru invisible. A cinq ou six mètres en avant, juste au bas de la déclivité, la concentration des lanternes arrondissait une flaque de lumière pauvre où bougeaient confusément des ombres. Ils ne s'en avisèrent qu'au moment où ils franchissaient l'échine bombée du ponceau. En même temps leur parvenait le murmure incohérent des voix.

Ils descendirent, les semelles happées aussitôt par la succion d'un sol spongieux. Tous les autres étaient là, agglutinés en rond autour du faible rayonnement qui vacillait au ras de l'herbe. Ce fut la voix de Gabrielle qu'ils distinguèrent la première.

— Ce n'est rien, disait-elle. Je vous assure que je n'ai aucun mal.

— Permettez, permettez, madame. Même si ce n'est qu'une petite plaie...

C'était la voix du Dr Roëner.

— Maman !

La voix de Brigitte.

— Maman !

La voix de Blonde.

— Rien du tout, répétait Gabrielle.

Et de rire, d'un rire surprenant, extraordinairement jeune et joyeux.

Il fallut un bon moment pour que les survenants eussent enfin compris quelque chose à ce qui venait d'arriver. Surpris sans doute par la bosse du ponceau alors qu'ils roulaient de front, sans doute aussi trop près l'un de l'autre, Herr Bausch ou Gabrielle, ou les deux, avaient dû amorcer un écart malencontreux. Leurs guidons s'étaient accrochés, leurs roues avant emmêlées et braquées. Et ils avaient, avec ensemble, piqué une tête vers le pré en contrebas. Gabrielle, dans sa chute, s'était meurtri un genou. Herr Bausch était indemne.

Il s'efforçait avec Wilfried d'enrouler, autour des rayons encore stables, des rayons arrachés qui pendaient à la jante d'une des bicyclettes ; tandis que le Dr Roëner, assisté des deux dames allemandes, badigeonnait de teinture d'iode le genou de Gabrielle.

Lorsqu'ils purent enfin repartir, Julien continuait de revoir, de toute part cerné par les ténèbres, ce grouillement d'ombres confondues. Il pédalait machinalement tandis qu'à son côté, intarissable et sur le mode épique, Pacome commentait leurs faits et gestes de la nuit. La tête lourde, les paupières brûlantes, il se sentait submergé peu à peu par une morosité douceâtre à laquelle il cédait dans un déliement de tout l'être. Par intervalles, comme sur un écran intérieur, une image fulgurait tout à coup : les doigts de Herr Bausch tordant un rayon brillant, et qui tremblaient ; le visage faunesque du Dr Roëner penché, jusqu'à la toucher de la barbe, sur une jambe nue, très blanche, qui était celle de Gabrielle.

Pacome, perdu dans l'ombre, évoquait à présent, en termes crus, les anatomies comparées d'Orchel et de sa mère, « une gaillarde, et de sacrées fesses ». Il eût voulu lui imposer silence, alléguant pour s'y contraindre des griefs encore vifs dont il réveillait la pointe. « Pourquoi, au départ de Falkennest, Pacome avait-il décrété que Julien resterait avec lui ? Pourquoi, alors qu'il attendait que Blonde protestât aussitôt, pourquoi n'avait-elle rien dit ? Ce Gunther, son visage dur, attentif, et cette lueur sarcastique entrevue quelquefois à travers son sourire d'ami... " Un monde où tu n'es déjà plus... " Qu'avait-il voulu dire, hier ? Et se pouvait-il aujourd'hui, se pourrait-il jamais qu'il eût diaboliquement raison ? »

Pacome cependant continuait et il le laissait aller. La même lâcheté secrète l'entraînait dans la même dérive, sans réaction contre la tyrannie des images intérieures qui continuaient de l'assaillir. Et toujours, présente à travers chacune d'elles, la pensée de Gunther revenait le poursuivre, le son même de sa voix tranchante, l'acuité de son regard bleu. « Tu m'aurais dit : je suis un autre, je t'aurais répondu : Je le vois bien... Tu avais la figure d'un petit mâle qui vient de faire l'amour et qui reste inassouvi. » De quel droit ? Je crache là-dessus. Cette Lotchen, cette Hasselnoss, cette grande femme de Saverne encore, ses yeux étranges, ses seins lourds à travers la robe, leurs pointes tendues jusqu'à l'obscénité... Assez ! Cette route est interminable. Que ça finisse, bon Dieu, que je me couche, et que je dorme, que je dorme, que je dorme...

Il sursauta. Pacome l'interpellait :

— Qu'est-ce qui te prend ? Mollo, mon vieux. Il y a longtemps que personne ne suit plus.

— Je ne me sens pas bien, dit Julien. Mieux vaut que je rentre tout seul. Tu m'excuseras auprès des autres, je compte sur toi. Bonsoir, Pacome.

VI

Il fut surpris, lorsqu'il passa devant l'Hauptbahnhof, de voir au cadran lumineux qu'il n'était que deux heures et demie. Le « premier pont » l'avait conduit jusqu'aux faubourgs de Francfort. Il lui avait semblé, au sortir de la nuit forestière, affronter une épreuve nouvelle, pénétrer dans un monde de cauchemar que la mort eût soudain glacé. Pas un passant le long des quais, quelques rares réverbères dans un désert de façades closes, indéfiniment répétées ; un silence de sépulcre où le passage d'une brise venue de la vallée faisait battre au bord d'un toit le zinc d'une gouttière déclouée.

Il laissa son vélo dans la cour des Françaises, gagna à pied l'immeuble des Weth. Le seul bruit de ses pas le jetait à une solitude qui creusait jusqu'au vertige la détresse où il s'enfonçait. Heureusement, c'en était fini de ces sursauts d'images qui l'avaient persécuté. Il était arrivé. C'était assez maintenant, et c'était rassurant, de penser : « Voici mes deux clés, celle de la maison, celle de ma chambre au coin droit du palier. Est-ce que j'ai des allumettes ? Dans ma poche... Tant mieux, elles y sont. »

Il fallait monter un étage, vingt et une marches. Il les comptait, en halant du bras sur la rampe pour éviter de les faire craquer. Il y avait sur un guéridon, d'ordinaire, une petite lampe à essence dont Frau Weth baissait la mèche à l'extrême. Elle n'y était pas cette nuit. « C'est vrai, pensa-t-il aussitôt, l'appartement est vide. Ils ne rentrent que demain du Taunus. » Et il mit la main à sa poche pour y prendre les allumettes.

Avant qu'il eût achevé son geste, il se retourna brusquement, écouta, haussa les épaules en dérision contre lui-même. « Après la nuit de Walpurgis, le coup de la maison hantée. Décidément je suis maboul. » Et aussitôt il n'eut plus de doute : quelqu'un venait de soupirer, tout près. Il n'était pas seul sur le palier.

D'une voix très basse, si déformée qu'elle lui parut étrangère, il souffla : « Qui va là ? Qui êtes-vous ? » Et il craqua une allumette.

Elle devait être assise, lorsqu'il était entré, sur les basses marches de l'escalier qui menait au second étage. Elle s'était levée en l'entendant. Le temps que l'allumette flamba, il entrevit à peine un visage aux yeux saillants, aux pupilles dilatées, dont les lèvres charnues tremblaient.

« Vous êtes Katel Weth ? dit-il.

L'allumette s'était éteinte. Oppressée, à peine distincte, la voix de la jeune fille haletait, si près de son visage qu'il en sentait le souffle sur sa joue.

— N'allumez plus. Je vais vous dire... Il faut que vous me croyiez...

En même temps deux mains lui saisissaient les bras, il sentait leurs doigts se crisper comme pour se raccrocher à une présence vivante ; moins encore, à l'épave qui passe auprès d'un naufragé à l'instant où il va se noyer. Elle était vraiment hors de sens. Elle devait sans cesse s'arrêter, reprendre souffle. Beaucoup de mots allemands, dans ce débit entrecoupé, échappaient à la compréhension de Julien ; cela donnait à ses paroles un caractère mystérieux, vaticinant, chargé de sens secrets et redoutables. Il n'osait l'interrompre, essayer de lui venir en aide, de l'apaiser, tant les mots qui lui venaient aux lèvres lui paraissaient d'avance maladroits ou ridicules. L'impression qui dominait en lui inclinait toute vers la pitié. L'être qui lui parlait souffrait. Le visage qu'il avait entrevu était un visage douloureux, meurtri au-delà de la chair. La voix qu'il entendait, par son incohérence même, atteignait à un pathétique intensément perçu et subi. Il murmura :

— Ne restons pas là. Venez.

Elle le suivit, tandis qu'il l'entraînait vers la porte de sa chambre. Elle avait seulement répété avec une sorte d'effroi suppliant : « N'allumez pas. » Les ténèbres étaient opaques, le silence autour d'eux absolu. Julien entra, l'attira doucement. Sa main libre tâtonnait devant lui, reconnaissait aussitôt, un à un, les objets devenus familiers.

« Asseyez-vous.

C'était le premier siège venu, une étroite banquette à chemise de guipure, capitonnée des inévitables coussins. Elle obéit. Elle paraissait un peu plus calme. Il reprit :

« Je vais vous laisser. Mon ami me fera une place, Pacome Roy, le jeune Français en stage chez les Bausch. Reposez-vous. Le jour est loin encore.

Il la sentit de nouveau trembler. L'air de la chambre, ainsi stagnant, prenait une telle densité matérielle que le moindre remous y devenait perceptible. Elle cria presque, elle était debout :

— Non ! Non ! Pas tout seule... Pas encore...

Et aussitôt elle fut contre lui, son tremblement incoercible, son haleine chaude, le goût des larmes qu'il avait vues glisser tout à l'heure, dans la lueur de l'allumette, sur son visage bouleversé. En cet instant il n'était que tendresse, anxieux de secourir, de consoler. Presque gauchement, timidement, il avait avancé une main pour apposer la douceur d'une paume sur un front trop brûlant, sur la fièvre d'un chagrin trop âcre. Ce furent leurs joues qui se touchèrent d'abord. Ce fut en lui que ce premier contact provoqua un sursaut de retrait, imperceptible, mais qui la fit se porter en avant, maintenir son visage contre l'autre visage. Un même mouvement, alors, joignit leurs bouches et mêla leurs lèvres.

Ils étaient retombés, côte à côte, sur la banquette sans que leur baiser se dénouât. Elle restait immobile, le corps inerte. Mais Julien sentait, sur ses lèvres, celles de Katel frémir continûment, s'animer peu à peu d'une pulsation profonde qui lui semblait celle de son propre sang. Lui aussi restait immobile, sans pensée, ravi à lui-même. Un même accord les sépara, quelques instants. Dans la touffeur close de la chambre, dans l'épaisseur solennelle du silence, les mêmes pulsations continuaient de battre en chacun d'eux. Et déjà, simultanément, sans un mot, sans l'appel du moindre geste, leurs bouches s'étaient retrouvées et reprises.

Ainsi, longtemps, et de nouveau longtemps, ils furent captifs de la même faim, inconnus l'un de l'autre, sans désir l'un de l'autre, l'un et l'autre cédant irrésistiblement à une force qui les dépassait, aveugles l'un à l'autre, muets l'un pour l'autre, n'entendant que leurs souffles mêlés et par instant, aux poussées plus violentes de la force qui les habitait, les battements sourds de leurs cœurs. De loin en loin l'un d'eux s'écartait à demi, comme délivré, enfin rendu à soi. Mais bientôt la même faim montait et l'autre était encore là, déjà là, la bouche entrouverte et livrée.

Pas une fois Julien ne tenta de resserrer l'étreinte et d'aller au-delà. Pas une fois non plus il ne sentit dans le corps de Katel se soulever une onde qui pût orienter son désir. Ils demeuraient assis l'un et l'autre, les jambes jointes, tournés l'un vers l'autre à demi, face à face. Enfin, l'un et l'autre épuisés, ils connurent une trêve commune. Et ils causèrent, de cette voix murmurée qui continue d'unir, dans l'anéantissement heureux d'après l'amour, les amants rendus à leurs corps. Katel disait :

« C'est lui. Je sais que vous le connaissez, il m'a souvent parlé de vous. Mais de moi ? Vous a-t-il parlé de moi ?

— Jamais.

— Hier soir tout à coup, sans raison, absolument sans raison, je vous jure... Une scène affreuse, des méchancetés, des insultes. Je suis sûre que c'était voulu, prémédité. Pourquoi ? Il est plein de secrets, incapable de se livrer, un homme de proie... Posséder, réduire à merci, et qu'importe la souffrance infligée si les serres sont aiguës et font mal, si le sang coule. Quelle abomination ! Et mes pauvres parents sans défense, si tristes, eux aussi réduits à merci. Ce n'était pas la première fois. Ils savent que je suis captive, hors d'état de m'échapper, d'accepter que l'on me délivre, eux ni personne, que ce n'est pas la peine de lutter. Hier, j'ai cru devenir folle. J'étais folle, c'est une folle que vous avez trouvée quand vous êtes rentré dans la nuit. J'avais marché pendant quinze kilomètres. Je détestais ma vie, mon destin, comme une condamnation inique, définitive. Que sommes-nous ? Que pouvons-nous ? Détester qui l'on aime, est-ce que cela délivre ? Quinze kilomètres... Nous devions danser à Kronberg. Mes jolis souliers de bal. En lambeaux... Non, cela ne délivre pas, cela rive la chaîne davantage. Serrée, serrée. *Es ist alles Schicksal ! Alles Schicksal !*

Elle pleurait. Ce n'était plus maintenant la pitié qui l'emportait dans le cœur de Julien, mais une sorte de retrait panique, de refus instinctif et cabré. Toutes les puissances de sa vie se rétractaient en écoutant cette voix. Elle s'entrecoupait de nouveau, elle tremblait, tout le corps de Katel recommençait à trembler. Même dans cette chambre étroitement close, dans cette geôle de ténèbres où ils étaient murés, la présence de Gunther s'insinuait, ramenait avec elle la ronde des images maléfiques. Il dit pourtant :

— Je voudrais vous aider. Mais comment ? Je ne sais rien de vous. Et bientôt, dans quatre ou cinq jours, nous aurons quitté Offenbach.

Elle bougea contre lui. Et de nouveau, à pleines mains, elle le saisit aux deux bras, chercha et retrouva sa bouche. Et Julien, de nouveau, se sentit emporté dans le sombre vertige qui l'avait lié à cette possédée, qui continuait de l'attirer, de l'entraîner, révolté, consentant, hors de lui. Un bruit de roues sauta dehors sur les pavés, une clochette tinta, tout près. Ce fut à peine s'ils tressaillirent. Julien, comme chaque nuit du fond de son sommeil matinal, avait pensé : « C'est la charrette des éboueurs. Il doit être cinq heures du matin. » Et aussitôt un mot fulgura, prononcé par une voix connue : *tragique*. Il avait dit : « Tu l'apprendras, tu n'auras jamais fini de l'apprendre. » Il se revit rentrant de Falkennest, traversant les rues désertes, puis marchant, solitaire, dans le silence de la ville morte. Il marchait, sans le savoir, vers l'affrontement qui l'attendait ici. Tragique ? Qu'était-ce que cette obsession, cet acharnement de maniaque, de possédé ? Pourquoi tragique ? Ce goût de mort, peut-être, qu'il avait respiré sur cette bouche, le sentiment de cette « condamnation » dont Katel avait parlé ? Derrière eux, dans l'interstice de deux volets, un rai de clarté blafarde commença de flotter vers eux. Le lit, les sièges à housses, à coussins émergeaient peu à peu des ténèbres. Elle dit, d'une voix presque calme :

— A présent, vous allez partir. Mes parents seront ici vers sept heures, c'est le premier train possible. Ils doivent être malades d'inquiétude. Adieu. Si vous pensez à moi en France, dites-vous que vous m'avez aidée.

Il se retrouva dehors, dans le petit jour frissonnant. Ils avaient refermé la chambre, s'étaient quittés sur le palier. Elle avait dit en montrant les marches :

« C'est là que je les attendrai.

A peine avait-il pu distinguer enfin son visage, ses yeux saillants, un peu hagards, qui ressemblaient à ceux de Herr Weth. Elle portait une blouse très légère, aux manches étroites et transparentes qui laissaient entrevoir la roseur de la peau.

Il faisait maintenant tout à fait jour. L'horloge de l'Hauptbahnhof marquait six heures et vingt minutes. Dans le petit café d'en face, derrière les troènes en caisse, Tête-de-Loup répandait de la sciure. Au bruit du pas qui approchait il regarda par-dessus les arbustes, s'exclama :

— Voilà le Frantsouze, pas possible ! Salut... Eh bien vous en avez une tête ! C'est du joli ! A pareille heure ! Asseyez-vous, je vous sers un schnaps ? Ça remonte.

Julien but l'alcool râpeux, serra la main du garçon de café.

— C'est de bon cœur, dit Tête-de-Loup, parce que c'est la dernière fois. Vous savez qu'il va y avoir la guerre ? Demain on tue.

Troisième partie

I

— Mon petit Julien, dit Gabrielle, il va falloir que tu nous aides. Lundi prochain, Pacome reprend à la tannerie. Il y fait un saut ce matin pour convenir de je ne sais quoi avec son excellent patron.

— Qu'est-ce qui se passe ? dit Julien.

— Une discussion avec nos logeuses, incroyable de mauvaise foi. Elles sont près de leurs marks et même de leurs pfennigs, mais cela n'explique pas tout : des harpies, bec et ongles dehors. Nous avons besoin d'un homme, et qui n'ait pas son allemand dans sa poche.

— En avant donc ! dit Julien.

Il retrouvait avec bonheur son admiration de naguère. La sûreté, l'aisance, le naturel de Gabrielle, autant de signes d'un équilibre et d'une santé morale qui le rendaient à une sécurité perdue. De l'avoir vue avec d'autres yeux, femme jeune encore, restée belle, heureuse de plaire et peut-être vulnérable, sa naïveté l'avait conduit à une aberration sacrilège.

Ainsi en jugeait-il aujourd'hui, sans s'expliquer encore les raisons et les voies d'une si prompte résipiscence. A l'étonnement réprobateur qui l'avait si rudement frappé, il avait réagi d'abord en jaloux et en renégat. Désormais plus humaine et plus proche, l'admiration s'enrichissait d'une confiance plus spontanée, d'une liberté plus franche et plus facile à laquelle répondait, plus proche aussi et presque camarade, l'attitude de Gabrielle.

Tout de suite, par la fenêtre ouverte sur la cour, des éclats de voix leur parvinrent.

« Ça a l'air de chauffer, dit Julien.

— Il semble, dit Gabrielle en riant.

Les deux vieilles filles d'une part, Brigitte et Blonde de l'autre étaient aux prises dans le cabinet de toilette. L'une des Allemandes brandissait un papier, l'autre un fragment de marbre triangulaire. Julien, tout de suite, jeta un coup d'œil vers la table de toilette, et dans l'instant sentit ses armes. Brigitte et Blonde, cependant, entreprenaient de faire pour lui le point, coupant leur exposé fraternel de « crois-tu ! crois-tu ! » indignés. Julien fit un pas en avant, tendit la main vers l'une des deux femmes.

— Votre compte, madame, je vous prie.

Il parcourut du regard la note remise par la logeuse, prolongeant à dessein l'examen. Le relevé, extrêmement minutieux, au demeurant plus tatillon que malhonnête, s'achevait sur un article qu'il souligna du doigt en mettant le papier sous les yeux de l'adversaire.

« Et ceci, madame, qu'est-ce que c'est ?

Immédiatement les cris reprirent. Volubiles, le sang aux joues, gesticulant, les deux femmes déchaînaient de concert leur fureur et leur hostilité. Julien souriait ; les cris montaient d'autant. Il attendit avec sérénité que ce débordement perdît un peu de sa violence et, du même geste que tout à l'heure, de la même voix courtoise et bien posée, le doigt pointé vers le morceau de marbre :

« S'il vous plaît, madame, pria-t-il.

L'objet en main, avec une gravité d'expert, il renouvela son examen, rapprocha le fragment brisé de la cassure visiblement ancienne, commença de parler à son tour : « Alors, *on* prétendait, pour un éclat de marbre décollé, exiger le prix d'une table neuve ? Non, mesdames, nous ne l'avons pas cassé. J'ai bien dit : décollé. Voyez. » Et il joignait le geste à la parole, et reprenait, toujours imperturbable : « Nous vous offrons le prix d'un tube de colle, de meilleure qualité que la vôtre. Pour tout le reste, je m'en porte garant au nom de mes compatriotes, c'est d'accord. La décision vous appartient en ce qui concerne la transaction que nous avons l'honneur de vous proposer.

Ç'allait être, en marge du drame qui depuis des mois, soufflant le chaud et le froid, faisait planer sur l'Europe la menace d'une guerre inexpiable, une empoignade bouffonne, une guerre à la mesure d'une cuvette et d'un pot à eau. Les rodomontades françaises, la victoire japonaise sur les Russes, la mutinerie du cuirassé *Potemkine*, la perfidie de l'Angleterre, l'insolence du jeune garçon et les mœurs des femmes parisiennes, la flotte anglaise à Brest et la présence, à Spithead, d'une escadre venue de France, les livres du boute-feu Barrès, Déroulède et Charles Péguy, tout y passa dans un tohu-bohu bégayant, un déballage caricatural où voisinaient les comptes de blanchissage et les vaticinations des journaux.

Julien en eût convenu sans vergogne : il s'amusait. L'occasion était trop belle de céder comme hier à certaine gaieté gamine, certaine verve légère et facile que Gabrielle lui avait reprochées, un soir, sur la terrasse du Coteau. Il y avait aussi autre chose : la gloriole du succès qu'il se sentait remporter auprès de son auditoire français. Et de surcroît, plus intimement, une euphorie qui tenait à l'essor merveilleux de l'allemand dont il usait. Les mots répondaient à son appel, abondants, dociles, pertinents, et cela tenait du prodige. Il en venait à se désintéresser de l'issue de la controverse, à n'y voir plus qu'un excitant, le piment d'un jeu imprévu dont la nouveauté l'enchantait. Il le rompit dans une pirouette :

« A demain, vous réfléchirez. Maintenant, c'est l'heure de déjeuner.

Il salua, sortit, en s'effaçant devant Gabrielle et ses filles. Leur enthousiasme l'escortait tandis qu'ils traversaient la cour. Elle était assez vaste, cernée d'immeubles à deux étages, à peine séparée de la rue par une grille toujours ouverte. Ils en étaient à mi-chemin lorsqu'une pierre, rebondissant sur les dalles de ciment, vint rouler à quelques pas d'eux. On l'avait lancée par-derrière. Ils s'étaient retournés en vain : toute la cour était déserte.

« Ne courons pas, dit à mi-voix Julien. Ces salauds seraient trop contents.

Ils atteignirent la grille. Une seconde pierre, plus mollement lancée, patina jusqu'à leurs pieds.

« Ils ne visent pas encore, dit Julien. Mais j'ai l'impression que ça viendra.

L'atmosphère, chez Ulmett, était glacée comme aux plus mauvais jours. Les voix n'étaient que chuchotements. Ainsi Gabrielle, à voix basse, alors qu'ils savouraient les tranches d'un moelleux et fondant strudel :

— Quel dommage ! soupira-t-elle. Il a fait si bon vivre ici. Et ils sont, réellement, si gentils...

Puis, après un silence :

« Pauvre Pacome ! Allons-nous te laisser tout seul ? Je me demande...

— N'y pense pas, ma petite Maman. A quoi ça

sert ? *Primo :* je ne suis pas tout seul. *Secundo :* je me débrouillerai toujours. Et *tertio :* ça va s'arranger. N'est-ce pas, Lucius ?

Lorsqu'ils furent dans la rue, tous les six, il décida :

« Nous vous accompagnons cinq minutes. Il est à peine une heure. On a le temps, les trois garçons, de faire un tour de vélo en forêt.

Ils pénétrèrent ensemble dans la cour toujours déserte. Pacome alla tout droit vers la remise aux bicyclettes. Et aussitôt, avec dépit :

« Zut ! Je suis à plat... Des deux roues.

Après un temps :

« Charmant, charmant, les six bécanes ! Et venez voir : ils ont barboté toutes les pompes.

A peine achevait-il que la porte d'un des immeubles s'ouvrait doucement, livrant passage à un gringalet en culotte courte, casquette en tête, à petite visière basse, une pompe à bicyclette entre les mains. Le suivait un autre gaillard, armé celui-ci d'un livre. Puis un troisième, un quatrième, jusqu'à sept. Toute la file vint se ranger le long d'un mur, face au groupe des six Français. Pacome alors, les jaugeant un à un :

« Entre treize et seize ans, dit-il. Ils ont le nombre, nous le poids. Rentrez chez vous, Maman, vous deux. Un œil à la fenêtre pour peu que ça vous amuse. De toute façon, ça ne traînera pas.

Gabrielle et ses filles les quittèrent, accompagnées par la voix de Pacome.

« A la bonne heure ! Et à bientôt. Nous reviendrons vous embrasser.

Les jouvenceaux cependant ricanaient, se consultaient les uns les autres. Le garçon à la pompe, narquoisement provocateur, se détachait d'un pas du rang et feignait de gonfler un pneu imaginaire. Le second avait ouvert son livre et, le nez presque collé dessus, en feuilletait diligemment les pages. Après quoi, relevant la tête, il lançait vers les trois compagnons un mot inattendu dont le sens outrageant, à chaque fois, échappait aux outragés.

— Qu'est-ce qu'il dit ? demandait Lucien. Qu'est-ce qu'ils répètent en chœur après lui ?

Pacome riait :

— Ce sont des citadins, des affranchis. Ils nous crient, oui : paysans. *Bauer*, en allemand, ça doit être injurieux dans le vocabulaire des imbéciles.

— Et maintenant ?

— Tête de mouton. En allemand, *Schafkopf*. On s'y perd.

Il changea soudain de visage.

« On y va ? Le gars à la pompe est pour moi. Toi, Julien, le type au bouquin : tu lui fous son dico en l'air. Et toi, vaillant Lucius, dans le tas et à ton choix.

Il l'avait annoncé tout à l'heure : les choses n'allaient pas traîner. Sa résolution, sa carrure aussi firent merveille. Il marcha sur le gars à la pompe, lui arracha son instrument des mains comme on cueille une fleur au passage.

« Et maintenant, *Schafkopf*, dis-nous où sont les autres pompes.

Il n'eut besoin que de montrer le poing. Les pompes étaient sous de vieux sacs, dans un coin de la remise. Julien, bon exécutant, avait d'une forte bourrade expédié sur les dalles le dictionnaire allemand-français. Quelques horions, la cour était à eux.

« Comme dans du beurre ! » triomphait Pacome en regonflant allègrement ses pneus. Ils les avaient choisis légers. « Tu as vu où ils sont passés ?

— Deux ou trois dans ce couloir. Et les autres dans la rue.

Les pneus étaient gonflés à bloc. Ils levèrent les yeux vers les fenêtres de Gabrielle : toutes les trois étaient aux aguets. La fenêtre s'ouvrit sur leurs sourires et leurs adieux : « Bonne promenade ! A tout à l'heure. »

— Par où va-t-on ?

— A droite, vers le pont du Main.

Ils prirent la route de ce côté, le long des voies du chemin de fer. A cette heure du déjeuner, dans ce quartier de rues tranquilles bordant à angle droit des quadrilatères d'immeubles, les passants étaient encore rares. Ils virent tout de suite et d'assez loin, au beau milieu de la chaussée, deux cyclistes qui venaient vers eux. Alors qu'ils allaient les croiser, deux autres débouchèrent d'une rue perpendiculaire. A peine avaient-ils pensé : « Cette fois, ça va être sérieux », que la bagarre se déclenchait.

La collision, le tintamarre, l'enchevêtrement des machines, celui des corps gesticulant, il n'y fallut que quelques secondes. Julien sentit à peine le coup qui heurta sa pommette, pas davantage le fourmillement qui de son poing gagnait son avant-bras. Il avait frappé de toutes ses forces, soulevé par une poussée aveugle, d'une violence étrangère et terrible, qui l'avait rué en avant. Il avait vu, dans un éclair, Pacome qui sautait à terre, jetait sa bicyclette, à la volée, dans les roues des cyclistes allemands, et plus rien d'autre que la mêlée où il frappait, frappait encore, le poing gourd, dur comme un maillet. La voix de Pacome lui parvint :

« Occupe-toi de Lucius ! Il peine.

Deux des Allemands étaient partis. Les deux autres venaient de terrasser Lucien et le frappaient sauvagement. Julien bondit, saisit une tête en pleine chevelure et tira comme un forcené. Le visage qui se tourna vers lui était celui d'un garçon de son âge, aux traits fins et bien marqués, et qui lui ressemblait par la vivacité des yeux, par l'ombre brune qui ourlait sa lèvre. La trace d'un coup marquait sa joue : Lucien s'éait vaillamment défendu. Au moment où il étreignait l'adversaire, Julien perçut à plein le raidissement d'une musculature prompte et dure, le passage de l'influx nerveux qui l'alertait et la bandait. Le garçon eut un soubresaut, parut couler entre ses bras. Et déjà il était en selle, filait à toutes pédales du côté où Pacome avait foncé l'instant d'avant.

— Vas-y ! cria Lucien aux prises avec l'autre adversaire. Je suis d'attaque !

Julien gagnait sur le fuyard. Il le voyait filer devant lui dans la longue perspective de l'avenue parallèle aux rails. Il pensait en plein effort : « Il faut, il faut que je l'aie rattrapé avant la gare. Au-delà c'est la ville commerçante, les passants, la fin de l'aventure. » Il apercevait déjà sur la droite, au bout de la longue palissade, le fronton et son horloge. A gauche, plus proches encore, il reconnut les troènes du café. Il vit alors, à son étonnement, le cycliste qu'il poursuivait sauter à terre en pleine course, s'élancer vers la palissade et y appuyer sa machine. Julien arriva sur lui au moment où, de toute évidence, il allait traverser la chaussée et se jeter dans l'estaminet. Il n'en eut pas le loisir, tant l'attaque de Julien fut prompte. Lui aussi avait vidé les pédales en pleine course, lâché acrobatiquement son guidon et laissé son vélo s'effondrer au bord du trottoir. Son élan, doublé par la vitesse acquise, le projeta de tout son poids en plein corps de l'adversaire. Il ne prévoyait pas lui-même la double chute qui s'ensuivit. Au lieu du choc brutal auquel il s'était attendu, ce fut, comme si l'obstacle avait soudain perdu toute matérialité, un vide déconcertant où il lui parut s'engouffrer et, simultanément, le craquement de la palissade dont les lattes se brisaient sous le poids des deux corps. Un peu plus ils roulaient au-delà, jusqu'aux rails.

Ils se regardèrent un moment, comme effarés de ce qui leur arrivait. Mais l'Allemand, déjà debout, déjà en garde, hélait par-dessus l'avenue :

— Diderich ! Vite... C'est Hermann.

Sans quitter des yeux le garçon, Julien fut averti par un bruit étouffé d'espadrilles sur la chaussée. Il savait qui accourait, il attendait la double attaque, sûr d'avance qu'il allait y souffrir, d'autant plus durement résolu.

Le premier coup l'atteignit à l'oreille. Il fit face, riposta sèchement, conscient d'avoir frappé juste et fait mal. Au rebours, il avait perçu dans le coup qui venait de l'atteindre une sorte de mollesse feutrée qui lui sembla de bon augure. Il frappa de nouveau. Des pensées brusques le traversaient : « Ne pas me laisser ceinturer... Diderich ! Tu parles ! Je t'en foutrai, moi, Tête-de-Loup ! » Et il faisait front d'autre part, lançait son poing, se retournait encore. « C'est un gras, un faux costaud, mais lourd. S'il me renverse, ils me tomberont dessus à deux et ils ne me marchanderont pas. Où est Pacome ?... Attention ! »

Il commençait à s'essouffler, estoquait de droite et de gauche, esquivait de tout le torse quand les gros bras de Tête-de-Loup, blafards hors des manches retroussées, menaçaient d'encercler sa ceinture. Plusieurs fois leurs regards s'étaient croisés et chaque fois la même répugnance, la même révolte de tout l'être l'avaient relancé en avant. Il sentit tout à coup l'une de ses jambes fortement agrippée, chancela, rua au hasard, fit lâcher prise à l'agresseur. Les mêmes pensées à demi formulées, sporadiques, continuaient de bouger en lui : « Bon pour cette fois... Ça ne peut pas durer. Ils vont sûrement me déquiller. Et alors, qu'est-ce que je déguste ! » Il ne voulait pas faiblir, c'était son souffle qui le trahissait... « Une minute, tenir une minute... A moi, Pacome ! Tu ne peux pas t'être débiné. »

Et tout à coup, forte et joyeuse, la voix qu'il espérait sonna tout près et le galvanisa :

— Tiens bon ! J'arrive !

Ce qui avait suivi, il ne devait s'en rendre vraiment compte que lorsque tout eut été joué. Pacome était allé au plus urgent : neutraliser le jeune agresseur dont les prises opiniâtres menaçaient de renverser son ami. Il y eut plus de peine qu'il ne l'avait prévu, le garçon se révélait coriace. Julien se souvenait d'un flottement suspect qui avait passé sur eux quatre et qui, lui avait-il semblé, venait de renverser les chances. Il entendit Pacome jurer, lui souffler d'une voix pressante : « Ton vélo, tout de suite ! On se retrouve chez toi. Ils sont au moins six qui rappliquent. » Il avait obéi, ramassé sa machine, sauté en selle et démarré. Mais un piéton lancé au galop va plus vite qu'un cycliste à ses premiers coups de pédale. Avant qu'il eût pris du champ, il sentit qu'une main empoignait son vélo sous la selle, le retenait avec vigueur en le secouant de telle sorte que la chute était fatale. Il savait que c'était Tête-de-Loup.

Comment se fût-il expliqué, sur le fait, la rémission qui l'avait sauvé ? Il avait entendu derrière lui, à le toucher, des invectives qui se heurtaient, rauques, scandées, autoritaires, des bruits de chocs cinglants, comme de gifles ou de coups de cravache, des exclamations sourdes qui avouaient la douleur ou la honte. L'image d'une cour de caserne avait alors fulguré, intense, âprement dramatique. Son agresseur l'avait lâché. Les voix se faisaient lointaines. Il descendit, se retourna et revint lentement sur ses pas.

L'avenue était presque déserte. Quelques silhouettes bougeaient au seuil de l'estaminet, disparaissaient une à une derrière l'écran des troènes. Trois hommes seulement restaient sur la chaussée. L'un d'eux en tenait un autre au collet, le bousculait durement devant lui, le poussait vers les autres, l'expédiait sur un dernier coup. Julien avait reconnu le vaincu à sa tignasse ébouriffée. Pareillement avait-il reconnu les deux autres : l'un Pacome, l'autre Gunther.

II

— Tu ne penses tout de même pas, disait Gunther, que j'allais te féliciter ? Quelques morveux, deux ou trois voyous, beaux adversaires dont se glorifier ! J'en suis encore à me demander pourquoi je m'en suis mêlé.

Ils étaient assis sur la souche, au bord de l'étang. La solitude, les chants d'oiseaux dans les hautes cimes, les sillages des foulques encore cachées sous le couvert à la frange de la roselière, le souvenir de leurs premières rencontres et de l'exaltation qui les avait marquées, la pensée que celle-ci serait sans doute la dernière, rien qui ne contribuât aujourd'hui à nourrir dans le cœur de Julien une mélancolie douce-amère contre laquelle il était sans défense. La violence qui l'avait possédé, à peine avait-elle reflué, le laissait, elle aussi, démuni, livré en cet instant à l'ascendant, à l'ironie, aux sarcasmes de Gunther contre les « champions français ».

« Enfantillages, avait-il dit. Bons pour le vaillant Pacome — il a le courage de ses muscles — et même pour le “ pauvre ” Lucien. Mais toi...

Il avait narré railleusement l'arrivée d'un Lucien « méconnaissable, meurtri de coups, saignant du nez, frémissant et faraud d'autant. Frau Bausch le pansait, maternelle. Et il était ravi, comblé. Il s'en souviendrait toute sa vie ».

« Mais toi...

— Il nous ont provoqués, dit Julien. Le coup était monté d'avance.

— Et après ? La rixe est basse. Le mépris arme l'homme fort. Et je t'en croyais capable.

— Des mots, dit âprement Julien. Crois-tu qu'il te suffise de m'en fustiger avec morgue pour me convaincre de mon indignité ?

— A la bonne heure ! dit Gunther en riant. Le taurillon est de bonne race, que les banderilles animent au lieu de le mettre à genoux.

— C'est donc pour ça que tu me retrouves ? Pour une joute encore, une passe d'armes ? Qu'aurai-je été, que suis-je pour toi, Gunther ? Un passant, le jouet d'un été...

Gunther soudain cessa de rire. Et, le visage changé, avec une attention profonde que Julien reconnut et qui vint aussitôt l'émouvoir :

— Ce que tu as été, ce que tu es pour moi... dit-il. Le saurons-nous jamais, Julien ? N'abîmons rien.

— Et si c'est moi, maintenant, qui te demande des comptes ? Tout de suite, dès le premier instant, j'ai cru à ton amitié... Je m'en souviens, je me souviens de tout, jusqu'à entendre tes paroles mêmes. « Mes élans, mes retraits »... Qu'est-ce à dire ? Je t'ai toujours fait confiance. Mais toi ? Tes apparitions, *tes* retraits... Car c'est toi qui disparaissais, comme si tu avais attendu, dans quel dessein ? que tes paroles aient pénétré en moi, poursuivi leur cheminement, atteint le but prévu par toi, voulu par toi. Tes retours ? Des espèces de constats. Oui ou non ? Je ne sais quelle curiosité froide, en tout cas sans bonté, sans bonté...

A mesure qu'il parlait, sa lassitude fondait en lui, balayée par un ressac puissant de la violence qui l'avait possédé. Il y avait de cela une heure, et cette heure s'abolissait, fuyait, emportant avec elle tout ce qui s'y était passé ; l'intervention soudaine de Gunther, sa brutalité méprisante pour mater les agresseurs, sa hâte, ensuite, pour l'emmener jalousement vers la solitude de l'étang, ce tête-à-tête délibéré où Julien l'avait suivi, docile à sa seule volonté.

La même violence, mais qui s'accompagnait maintenant d'une lucidité nouvelle, de souvenirs pareils à des complicités. Wilfried, Katel Weth, on eût dit qu'ils répondaient, l'un, puis l'autre, à son appel, qu'ils lui dictaient, comme en état second, les mots qui lui venaient aux lèvres : « Sans bonté... Mon frère est sans bonté. » Et l'autre, dans la nuit épaisse de la chambre : « Il est plein de secrets, incapable de se livrer, un homme de proie... »

Gunther était devenu très pâle. Déjà tendue, son attention s'était encore durcie, trahie aux regards de Julien par le bleu glacé de ses yeux, par la saillie des muscles qui bougeaient aux coins de ses mâchoires serrées. Et cela, en retour immédiat, accroissait la violence qui emportait Julien, altérait son visage et faisait trembler sa voix.

« Tant pis ! disait-il. C'est de ta faute, tu l'auras voulu. A force de sentir en toi ces réticences et ces arrière-pensées, comment veux-tu que je ne me mette pas, même malgré moi, martel en tête ? J'en ai assez de te soupçonner, de ne plus croire qu'à ce que tu me caches, de détester mes propres soupçons. N'abîmons rien, disais-tu. Qu'est-ce que j'ai abîmé, moi ?

— Rien, dit Gunther, la voix coupante. En ce qui me concerne, rien. Seulement...

Ses yeux se firent encore plus durs.

« ... Je te regarde en ce moment. Continue : car je te vois descendre, tomber, tomber encore, un peu plus bas, encore plus bas. Et c'est à moi de dire : tant pis !

Ils s'étaient levés, presque ensemble. Julien laissa errer un long regard sur les eaux de l'étang, sur l'épaisse et souple ceinture des feuillages qui les caressaient. Et il se détourna, pour que Gunther ne vît pas les larmes qui lui étaient montées aux yeux. La dernière vague de violence l'abandonnait, laissait place à une désolation soudaine qui le rendait aux années d'autrefois, à ses gros chagrins d'enfant. C'était fini : adieu l'Allemagne, ses forêts, ses enchantements, ses symboles à peine entrevus, adieu le beau rêve d'amitié ! Il marcha vers sa bicyclette, appuyée à quelques pas contre la tige d'un aulne noir. La voix de Gunther l'arrêta :

« Reste !

Son cœur battit : Gunther cédait. Il n'en pouvait pas douter : la passion, la sincérité avaient vibré dans son appel. Pour la première fois. Enfin...

Il ne s'était pas retourné. Il attendait que son cœur se calmât. Il pensait : « Est-ce cela, vivre ? Ces alternances, ces spasmes de l'âme où la joie et l'angoisse se confondent, ces affrontements, ces communions, ces autres vies qui traversent la nôtre, s'y nouent, se délient d'elle, l'exaltent ou la dévorent ? » Il se retourna enfin. Et l'espoir était en lui. C'était comme une réponse aux interrogations qui venaient d'alerter sa conscience. Il vivait. L'homme qu'il voyait debout en face de lui et dont, quelques semaines plus tôt, il ignorait jusqu'à l'existence, cet homme-là aurait marqué sa vie, changé le cours de son destin. Sa présence matérielle, la prestance racée de son corps, le jeu de la respiration qui soulevait rythmiquement sa poitrine, les traits de ce visage, ce visage-ci parmi tant de milliers, ces yeux bleus fixés sur les siens, ce sourire monté des profondeurs et dont la franchise soudaine, la transparence exaltaient irrésistiblement le charme ; et surtout, envahissant et délicieux, le sentiment d'avoir ému en lui quelque chose — il ne savait encore mais il allait savoir —, une ressemblance, une fraternité, un besoin et un espoir qui allaient rejoindre les siens, qui les avaient déjà rejoints, tout cela devenait bonheur, fierté d'avoir choisi, de s'être aliéné librement, de n'avoir pas donné en vain, d'avoir compté dans une autre vie.

« Que veux-tu savoir ? dit Gunther.

Ils étaient revenus s'asseoir sur la souche abandonnée, côte à côte. Un vent léger passait sur les hautes herbes. Les foulques noires, rassurées par leur longue présence, glissaient maintenant à la rive des roseaux, émouvant la surface des eaux libres de fluides et flexueux reflets.

— Savoir, Gunther ? Est-ce vraiment cela ? Disons plutôt : voir clair en moi. Nos rencontres à deux, ici, ce qu'elles ont été pour moi, t'en remercierai-je jamais assez ? Avant de t'avoir quitté — c'est si proche ! —, je voulais te l'avoir dit. A cause de toi je ne suis plus le même. Jusqu'à être « un autre », comme tu me l'as crié, tu te rappelles, l'autre jour ? Il se peut, je ne suis pas juge. Mais ce qui m'importe d'abord, et très fort, à l'instant où j'allais essayer de te le dire, je m'aperçois qu'un mot y suffit : c'est toi. Qu'as-tu voulu ? Qu'est-ce qui t'a poussé à m'attirer, à me séparer des miens, à m'isoler en ta seule présence ?

— Grand mystère en effet ! dit Gunther avec le même sourire. Tu viens toi-même de répondre : c'est toi.

Ils restèrent longtemps silencieux, chacun suivant ses propres pensées. Julien se sentait balancé entre la joie qui l'avait saisi et le malaise sourd et profond où l'entraînait ce retour de mémoire. Gunther pouvait ironiser : le mystère persistait, aiguisait jusqu'à la souffrance le besoin de voir clair dont il avait parlé. L'eût-il voulu, il n'eût pas réussi à écarter ce lancinement. Il y avait, toujours latente, la pensée de l'inconcevable éloignement qui l'avait séparé de Blonde, l'étrange désintérêt envers sa vie d'hier où l'avait amené, si vite, une force inquiétante et cachée. Un sortilège l'avait envoûté, frappé d'une amnésie acceptée avant d'être consciente, et qui devait tenir indissolublement aux enchantements de cette terre et aux pouvoirs d'un de ses fils.

Il y avait aussi, plus secret, toujours brûlant, le souvenir de Katel Weth. Il ne l'avait pas revue, n'essaierait pas de la revoir. Ç'avait été entre eux comme un pacte tacite qu'il était sûr de respecter. Là encore, il y avait eu sortilège. De ne pas se sentir responsable, ni coupable, l'obsession de ce souvenir participait du même malaise, exempt de scrupules d'amitié, de remords, mais qui, semblable à cette ondulante myriophylle, lentement surgie sous ses yeux et lentement replongeant sous les eaux, rejoignait d'obscures profondeurs.

Gunther venait de se lever. Il tendit les deux mains, regarda Julien au fond des yeux.

« Fais-moi confiance, lui dit-il. Nous ne nous quitterons pas ainsi. Je ne sais pas encore où je te rejoindrai pour l'adieu. Mais je trouverai.

III

Dès qu'ils se furent quittés, Julien, au lieu de regagner directement sa chambre, passa par la maison des Françaises. La cour était paisible et déserte, comme d'habitude, la remise aux bicyclettes grande ouverte. Levant les yeux vers les fenêtres, il lui sembla entrevoir une ombre qui bougeait derrière les rideaux. La pensée de Blonde reprit alors une force soudaine, et telle qu'avant d'avoir réfléchi il avait gravi l'escalier et frappé à la porte d'entrée.

— Oui ! dit une voix de l'intérieur. Je suis dans la deuxième chambre.

C'était la voix de Blonde. Il traversa la chambre de Gabrielle. Blonde, apparaissant sur le seuil, s'exclamait :

« Pour une surprise !...

Et aussitôt, avec une pointe d'embarras :

« J'allais sortir.

— Eh bien ! dit-il, faisons route ensemble. C'est toi que je voulais voir, justement.

— C'est que... dit Blonde.

Sa gêne devenait évidente. Elle enchaîna :

« Maman et Brigitte m'attendent.

— Raison de plus, dit Julien. Ou plutôt... Donne-moi un moment, veux-tu ? J'ai besoin de causer avec toi.

— Alors, vite, dit-elle. Cinq minutes, je suis déjà très en retard.

Il prit sur lui de cacher son dépit. Mais la seule âpreté de sa voix eût suffi à le trahir.

— Je tâcherai de m'en contenter, dit-il. Cela dépend aussi de toi.

— Alors ? dit-elle, pour la seconde fois.

Il la sentait sur la défensive, tout de suite prête à la riposte. Et il pensait : « J'ai eu raison. Quoi qu'il arrive, j'y verrai plus clair. Il le faut, je veux en sortir. »

— Alors et avant tout, dit-il, sache bien une chose : je viens vers toi à cœur ouvert. Je comprends que tu m'en aies voulu, Blonde. Pendant tout ce voyage, c'est vrai, nous nous serons beaucoup quittés ; les uns les autres, tous tant que nous sommes. Ce n'est pas tout à fait notre faute, n'est-ce pas ? Le voyage, les sollicitations de toute sorte, la rapidité des jours... Tu peux croire que je l'ai regretté. Je voudrais que tu me pardonnes.

Il s'arrêta, tout interdit. Blonde riait, avec tant de cinglante ironie qu'il douta presque de la reconnaître. Elle cria :

— Ne te fatigue pas ! Si c'est tout ce que tu voulais me dire, restons-en là, n'en parlons plus.

Ses yeux étaient pleins de colère, l'amertume lui tirait la bouche. Rien ne restait sur ce visage de ce qu'il y avait aimé : la fraîcheur lisse, la gaieté jaillissante, la tendresse ingénue et câline. Elle fit un pas, le défi aux yeux :

« Si tu y tiens tellement, nous en reparlerons un jour. En France, nous y serons mardi...

Encore ce rire, pénible et contracté :

« Tous les deux, avant la rentrée, Julien sur le toit du lavoir et Blonde dans les framboisiers.

— Blonde !... cria-t-il. Non, ce n'est pas possible !

— Laisse-moi passer, je te prie.

Et aussitôt :

« Tu me fais mal !

Il n'avait pas pu y tenir. Il l'avait saisie au poignet pour l'obliger à rester, à parler ; si rudement qu'elle avait gémi. Mais elle se débattait furieusement, avec une force insoupçonnée. La transe du combat s'enfla aussitôt en lui, aveugle et sombre, l'unit de tout son être au raidissement d'un autre corps, à l'autre désir de faire mal, de l'emporter et d'imposer sa loi. Ainsi avait-il combattu, le jour même, contre le jeune

Allemand d'Offenbach. Il sentait le poignet de Blonde qui se tordait sous son étreinte, le genou de Blonde que meurtrissait son propre genou. Et il continuait de serrer, en haletant, pour qu'elle cédât, pliât, s'avouât enfin vaincue.

Dès qu'il la sentit faiblir et seulement à ce moment, il lui parut que ce corps forcené subissait une métamorphose. L'instant d'avant et dans sa colère même elle avait continué d'être Blonde, la grande fillette qu'il avait chérie, la compagne de ses jeux, de ses rires, de ses espoirs et de ses rêves. Il était stupéfait, révolté. Mais sa révolte même contre un reniement si cruel n'égarait en rien sa raison. Maintenant, si : l'être contre lequel il luttait, qu'il eût voulu réduire et châtier, c'était une femme, une ennemie dangereuse qui, dévoilant soudain ses armes, pour mieux le défier, le tentait. Arc-boutée pour libérer son bras, pliée à demi devant lui, elle présentait ainsi sa nuque, où de légères mèches folles bouclaient sur la chair dorée. Il sentit en même temps la douceur de la peau que meurtrissaient ses doigts et l'odeur tiède, animale, qui montait de ce corps mouvementé. Il eut alors un élan si brutal que Blonde gémit de nouveau, se cambra toute, dans un sursaut de recul éperdu. Et il reçut en plein visage un regard qui le bouleversa.

Sans doute ses yeux reflétèrent-ils, alors, la détresse panique de Blonde, l'effarement et la désolation qui venaient de la traverser. Il l'avait laissée aller, mais elle restait à un pas devant lui, debout, les prunelles agrandies et continuant de le dévisager. Il murmura :

— Je te demande pardon. J'ai été fou.

Elle se taisait, et ce silence, de seconde en seconde, lui devenait intolérable. Le sentiment d'une profanation, d'un saccage stupide et mutilant, irréparable, se confondait avec le silence de Blonde, son long regard, avec la plainte qu'elle avait eue et qu'il continuait d'entendre. Il avait nié, crié le premier : « Non ! Ce n'est pas possible ! » Il le voyait pourtant, il le savait déjà sans doute, au fond de lui : c'était possible. Mais il préservait l'illusion d'une survie secrète, d'une fidélité tendre envers ce qui avait été. Et Blonde était inséparable de cette certitude et de cette fidélité.

« Où allais-tu ? demanda-t-il, presque humblement.

— Je te l'ai dit, retrouver Maman et Brigitte.

— Tu veux bien que je t'accompagne ? Je serai content de les voir.

Il ajouta :

« J'en ai besoin.

De la tête, elle fit signe que non. Jamais il n'eût pensé qu'elle pût être à ce point distante. Sa résistance et sa colère le blessaient moins que cette absence glacée. La stupeur indignée, le dégoût qui lui agrandissaient les yeux les avaient à présent désertés. Il se disait : « Est-ce que je l'ai perdue ? » Et il avait l'impression physique que quelque chose saignait en lui, n'en finirait plus de saigner.

Alors il pensa à Gunther.

IV

Il n'avait rien prémédité. Il avait laissé Blonde traverser la cour devant lui, prendre sa bicyclette et partir. Tout de suite la pensée de Gunther s'était faite envahissante, elle persistait jusqu'à l'obsession. Ce fut presque inconsciemment, dans le désarroi où il était, qu'il prit sa propre bicyclette et qu'il sortit, seul, de la cour. A peine avait-il remarqué que la remise était à peu près vide.

De même s'engagea-t-il sans intention délibérée sur l'un des itinéraires qui conduisaient vers la forêt. Au soir de cette journée véhémente, il souhaitait seulement être seul. Il n'eut vraiment conscience du lieu où l'avait mené sa course qu'en reconnaissant la hêtraie où se cachait l'étang secret.

La fin du jour s'annonçait sereine. Sous le dais des ramures étalées la pénombre semblait encore lumière, douce lumière d'eaux dormantes où les puissantes colonnes des hêtres évoquaient une ville ensevelie. De loin en loin un ramage vif et confus, un frouement d'ailes dans la feuillée présageaient la nuitée prochaine. Par deux fois seulement un menu passereau solitaire — un pouillot des arbres, un verdier ? — suspendit sous le couvert un volettement silencieux.

Il approchait de la sente familière, presque invisible dans le fourré d'arbustes où se perdaient ses méandres, quand il crut voir entre les arbres passer fugacement une tache bleue, une robe lui avait-il semblé, et, simultanément, un éclat de métal touché par un rai de soleil. L'un et l'autre, déjà, disparaissaient et s'éteignaient. Mais il n'avait plus de doute : c'était Blonde qui le précédait. L'eût-il vue à la toucher, il n'en eût pas été plus sûr.

Alors que tout à l'heure, dans la violence qui les affrontait, il l'avait vue comme irréellement, dans une sorte de fulguration, à présent maints détails qu'il eût cru n'avoir pas remarqués reparaissaient avec une précision dont il était vivement frappé : cette robe bleue d'abord, dont le souple tissu coulait le long du corps ; cette coiffure nouvelle qui maintenant seulement, aux yeux de sa mémoire, venait modifier son visage, ses cheveux rassemblés en un épais chignon qui dégageait la nuque et la féminisait ; et surtout le léger maquillage dont elle avait poudré ses joues, rougi ses lèvres, tout cet apprêt, cet évident désir de plaire, à quelles fins, pensait-il, et pour qui ?

Blonde avait maintenant disparu, mais la même certitude l'habitait. Il mit pied à terre à l'entrée de la sente et s'y engagea doucement, en évitant de faire bruire les feuilles mortes à ses pieds. L'étang n'était pas à cent mètres. L'écran serré des aulnes noirs s'épaississait à ses côtés, mais il guettait, droit devant lui, l'éclaircie annonciatrice, quasi magique avant l'apparition soudaine des eaux dormantes, de leur silence et de leurs secrets. Il s'arrêta : un bruit de voix venait de l'immobiliser sur place.

Plusieurs voix, animées, mais qui semblaient paisibles. Il repartit, plus attentif encore à ne pas trahir sa présence. Quand il discerna, déjà proche, une éclaircie dans le couvert, il obliqua hors de la sente et repéra des yeux un bouquet serré d'aulnes nains qu'il choisit comme poste de guet. Les voix lui parvenaient plus distinctes, voix alternées d'hommes et de femmes qui conversaient entre eux librement. Avant de se pencher dans une trouée des branches et de les voir dans la clairière, il les avait tous reconnus.

Ils étaient six, assis les uns dans l'herbe, les autres sur la souche vermoulue. C'était Gabrielle qui parlait. Dans la calme pureté de l'air, les voix étaient maintenant si nettes qu'il devait, à plusieurs reprises et si dissimulé qu'il fût, tressaillir à l'impression d'être lui-même à découvert.

— C'est votre sentiment, n'est-ce pas ? disait Gabrielle. Cette conférence d'Algésiras... A lire les journaux de ce soir, il semble que la raison triomphe et que les choses doivent s'arranger. Il nous aurait été si pénible, chers amis, de quitter votre pays dans ce climat d'hostilité !

— Votre merveilleux pays, que vous nous avez appris à aimer...

C'était Brigitte. Elle souriait à Wilfried, à demi couché à ses pieds.

— Je n'ai jamais cru à la guerre, pas plus en ces derniers jours que je n'y ai cru au printemps. Et voici pourquoi.

Gunther parlait avec son assurance habituelle, aussitôt écouté par tous. Il était allongé à côté de son frère Wilfried, le coude dans l'herbe, la joue contre sa paume, et il regardait Blonde assise en face de lui.

Julien était placé de telle sorte qu'il le voyait en pleine lumière, au point qu'il eût pu croire, tandis que Gunther poursuivait, qu'il parlait aussi pour lui. Et Gunther dit, le plus naturellement du monde :

« Le moment, l'occasion, le prétexte si vous voulez : mauvais choix sur toute la ligne. Aussi bien nous ne sommes pas prêts. Dans huit ans, dans dix ans peut-être... Je m'en suis expliqué un soir, ici même, avec Julien. Il pourra vous le confirmer.

— Tout de suite ? cria Julien.

Au bruit des branches froissées, à l'éclat brusque de la voix, à l'apparition du garçon, tous avaient eu le même sursaut. Le sang aux joues, les yeux brillants de colère et de chagrin, Julien les regardait tour à tour au visage. Il traversait un de ces instants où l'intensité de l'émotion déclenche au vif de la conscience une lucidité intuitive qui outrepasse toute certitude. Et c'est ainsi qu'il le savait : la réunion qu'il venait de surprendre non seulement n'était pas fortuite, mais on la lui avait cachée. Il ressentait cette mise à l'écart comme une offense et comme une trahison. Il le savait aussi, il l'avait su en vérité bien avant qu'un dernier hasard le lui eût cruellement révélé : la blessure lui venait de cet homme qui, en ce moment même, soutenait son regard avec un flegme trop voulu pour n'être pas, cette fois encore mais plus clairement que jamais, un défi.

— Tout de suite en effet, si tu veux, dit Gunther. Mais si c'est entre toi et moi, il vaudrait certes mieux, je pense...

— Ha ! Ha ! Des formes, à présent ! Présente mes excuses, pendant que tu y es ! Courbettes, vas-y, claquements de talons. « Pardon, mesdames, pour l'énergumène. » Tant pis, Gunther ! Je n'ai plus rien à ménager. Et je confirme, puisque tu m'y invites. Il prévoit la guerre, en effet, il lui assigne même une date : 1914. Il aura trente et un ans, moi vingt-six. Il compte que nous en serons, lui et moi. Il y aspire.

Par amitié, par romantisme, ha ! ha ! il rêve qu'il me tuera peut-être.

— Ou toi moi, dit Gunther, avec le même sourire glacé.

— ... Ou encore — raffinement — qu'il m'entendra gémir, blessé, sur « le champ couvert de morts », qu'il me pansera, me soignera, me sauvera...

— Ou toi moi, redit Gunther.

Un à un, ils s'étaient tous levés. Gabrielle fit un pas vers Julien, lui prit la main. Elle ignorait les causes réelles du désordre où elle le voyait, mais elle avait senti à plein, tout de suite, la souffrance qui le bouleversait. Et elle l'adjurait à mi-voix, en attachant sur lui un beau regard compréhensif et tendre.

— Pas vous, non pas vous, disait-il — et sa voix déjà fléchissait —, ni Brigitte, et non plus Wilfried Mais vous ne pouvez pas savoir !

Et, de nouveau se tournant vers Gunther, puis revenant à Gabrielle :

« Rappelle-toi ta prière, ou tes ordres : « Jure de garder le secret. Cette retraite, cet étang, n'en parle jamais à personne. Même pas... » Oui, tu l'as dit, « même pas à Blonde. » Et c'est lui, par bravade encore... Ah ! Tais-toi, Blonde ! C'est assez de duplicité. Seulement, prends garde, il te fera souffrir. Rappelez-vous Saverne, toutes les trois, l'homme botté dans la grande cour vide, les cris, les coups...

— Allons-nous-en, dit Blonde, brusquement. Vous voyez bien qu'il déraisonne.

— Disons qu'il n'a pas compris, intervint hautainement Gunther.

— Ou trop compris ! cria Julien.

Il était à bout de nerfs, exaspéré. Une fois de plus, en ce seul jour, la violence grondait, déferlait, le dépossédait de lui-même. Gunther le regardait avec le même sourire, aussitôt reconnu, d'autant plus haïssable. Julien l'entendit murmurer : « Il est superbe ! »

La main de Gabrielle, alors, serra la sienne plus étroitement. Il répondit à l'appel de ses yeux et sentit l'apaisement venir ; et en même temps la peur, la honte et la révolte à la pensée qu'il allait pleurer. Cependant, Gabrielle parlait :

— Laissez-nous, voulez-vous ? Vous aussi, Britte et Wilfried...

Ils restèrent seuls. A l'instant de quitter la clairière, Gunther s'éait retourné. Il s'en allait, Blonde devant lui, le dernier. Quel regard avait été le sien ! Toute raillerie, toute morgue en allées, chargé d'une tristesse nostalgique et néanmoins d'un persistant espoir. Julien avait détourné les yeux, mais la sensation demeurait d'avoir été, par ce regard, enveloppé tout entier, et ravi.

« Asseyons-nous, dit Gabrielle.

Ils se retrouvèrent côte à côte, comme sur le banc

de la terrasse, à Chasseneuil. Ils y pensaient l'un et l'autre. Julien pleurait. Gabrielle, ayant repris sa main, la caressait et le laissait pleurer. Enfin :

— Il faut me pardonner, dit-il. J'ai tout gâché, tout ; par ma seule faute. Pourquoi m'avez-vous emmené ?

— Parce que nous t'aimons, Julien.

— Vous, oui. Brigitte aussi m'aime bien. Et je sais que Pacome a été content de me voir. Blonde, c'est fini.

— Lorsque nous serons de retour, dans trois jours, tu verras que rien n'est changé.

— Oh ! si, dit-il, le cœur gros.

Il était redevenu tout semblable à l'enfant qu'elle avait connu ; qu'elle avait vu, à travers les années, s'épanouir et s'offrir à la vie ; dont elle avait aimé le primesaut, la franchise, les hardiesses et les timidités, et peut-être, sans se l'avouer clairement, l'adoration qu'il lui avait vouée. Ces larmes, ce retour vers l'enfance ranimaient au fond d'elle une tendresse égale et tranquille, une liberté dans l'affection que le charme de l'adolescent peut-être aussi, dans le secret de l'être, avait parfois et furtivement troublée.

A cause de cela, d'abord et à dessein, elle osa parler d'elle-même. Elle évoqua sa vie à Chasseneuil, son veuvage à moins de trente ans et les lois qu'elle s'était dictées. Elle le fit sans mélancolie, souriant de loin en loin sur elle-même et sur la bourgade, sur ses voisins et « amis » du Coteau. Il l'écoutait avec ferveur, dans une surprise émerveillée qui l'amenait à sourire lui aussi. Ils avaient oublié la forêt, l'étang glauque dans sa ceinture d'aulnes noirs ; ou si leurs yeux, à l'approche du soir, glissaient sur les moires de l'eau, c'était pour en sentir la lumière et la paix, assis ensemble sur une souche abandonnée, au bord d'un bel étang désormais exorcisé.

Gabrielle, maintenant, parlait de ses enfants, du « bon » Pacome d'abord et de Lucien l'inséparable, de leurs « enfantillages » à trois. Et cependant, comme dans un tendre qui-vive, elle restait aux aguets des réactions qu'elle provoquait, du moindre tressaillement, d'une ombre qui passait sur son front ou dans ses yeux.

— Brigitte ? disait-elle. Je ne sais pas de fille plus franche, plus vraie, moralement plus claire et plus saine. Tu te rappelles cette scène ridicule, dans la forêt ? Car moi aussi j'ai été saisie par le vertige du voyage. J'avais dansé, avec quel plaisir ! Où était Mme Gabrielle Roy ? Le bruit, le rythme, la liesse énorme, j'étais happée, heureuse de l'être, moi aussi toute livrée à l'instant, à la joie retrouvée d'être une femme, admirée, courtisée... Mais oui, Julien ! Touchant et digne Herr Bausch, si ému, si respectueux, si sincère ! Et tout à coup ce retour à moi, à mon quant-à-moi maternel... Pauvre Brigitte ! A travers elle, c'est moi que je morigénais. Comme s'il y eût eu de quoi ! Il faut être indulgent, Julien.

Il retrouvait la sagesse qu'il aimait, le naturel sans faille, le timbre apaisant de la voix. Et son rire, plus grave et plus jeune que jamais.

« Tu nous revois, assises dans la sombre forêt, chacune au pied d'un arbre, butées, comme deux chèvres malignes ? C'est moi qui avais tort, Julien, Mme Roy du Coteau, mon personnage. Comment cette Dame eût-elle compris la loyauté de ces deux-là ? Tout de suite cet agenouillement, ce « je vous aime » la main sur le cœur. Scandale ! J'ai l'air de l'excuser, cette aveugle, alors que je la renie. Car je le sais, j'en suis sûre à présent : ce sont eux, les deux jeunes, qui avaient raison contre elle. Wilfried ? C'est de l'or pur, ce garçon... Qu'ils aillent, maîtres de leur destin et, je le crois, de leur bonheur... Moi aussi, tu vois, j'ai changé.

Elle garda un instant le silence. Elle savait le nom qu'il attendait. Son premier mot fut ainsi une réponse :

« Blonde ? dit-elle. Ne crois pas que je veuille la défendre. Elle m'a fait de la peine ici et j'ai pensé à toi ; beaucoup. Elle est coquette, naïvement égoïste, soucieuse de plaire pour s'en savoir gré, encline aux emballements, et ainsi à l'inconstance. Mais pourquoi ne pas te le dire ? Elle m'a aussi tourmentée. Que les... attentions de Gunther l'aient si vite impressionnée, je n'en ai pas été autrement étonnée... Je t'en prie, écoute-moi, Julien : tu vois que je te fais confiance, entièrement... Mais il m'est arrivé de trembler, à l'idée que peut-être elle s'était réellement éprise et qu'alors — tu l'as dit toi-même tout à l'heure — elle allait sûrement souffrir. Car elle est imprudente, mais nette. Et Gunther, parfois, me fait peur.

Elle vit que Julien secouait la tête et elle l'interrogea des yeux.

— Peur ? dit-il. Non, c'est autre chose. Peut-être pis... Ne parlons plus de lui, voulez-vous ? Un jour peut-être, plus tard, à Chasseneuil.

— Il va falloir rentrer, dit Gabrielle. Que de préparatifs ! Tous ces bagages... As-tu besoin qu'on t'aide ? Veux-tu que je t'envoie Brigitte ?

Il fit non de la tête, avec un pauvre sourire. Elle dit alors :

« Pour toi aussi, tu sais, il m'est arrivé de trembler. Dix-sept ans, c'est bien tôt pour devenir un homme. L'enfance est si vive encore ! Toute mue est dure, Julien. Puisse-t-elle du moins être patiente. A vouloir forcer le passage... Je dis mal, à seulement y être poussé, bousculé, on est voué à des arrachements. Et cela fait mal, cela saigne...

Il s'était tourné vers elle, la regardait, les yeux agrandis.

« Ne sois pas trop dur pour Blonde. Tâche même d'être généreux. Elle a sans doute déjà compris qu'elle s'était monté la tête, que sa toquade était sans issue raisonnable. Avant un mois, je gage qu'elle aura oublié. C'est une enfant. Bien plus qu'à la séparation, elle pense à notre retour, au voyage, à cette descente du Rhin qui nous attend après-demain. Nous nous en faisons tous une fête... Vous redeviendrez camarades et ce sera très bien ainsi.

Elle s'était levée, et elle regardait, devant elle, les eaux étales, gorgées de ciel entre des reflets d'un vert noir.

« C'est Pacome qui nous a conduites là. Il connaissait ce bel étang. Mais il a attendu, le monstre, que nous soyons à la veille de partir pour nous en révéler le secret. Quel dommage !... Eh bien Julien ?

Il sursauta. Elle lui souriait et il la reconnaissait toute. Et déjà, les mêmes aussi, l'admiration et la ferveur de naguère lui remontaient doucement au cœur. Il murmura :

— Je ne vous ai rien dit de moi. C'est trop dur. Ce n'est pas digne de vous. Ce que vous êtes, votre bonté, votre indulgence pour moi, oh ! non, je ne les mérite pas. Si vous saviez ! Ce qui a pu se lever en moi, ce que... tout cela, cette forêt, ces nuits, cet étang, ces gens aussi m'ont amené à découvrir en moi. Tout seul, ailleurs, n'importe où, qu'est-ce que

Gunther aurait pu ? Mais ici, dans ce pays, cette Allemagne qui est la sienne, qui lui est tout entière complice... Vous rappelez-vous le soir où sur votre terrasse, avant de m'annoncer que je partirais avec vous, vous m'avez dit : « Ne sois pas *glorieux* » ? Terminé ! Terminé ! Il est beau, votre « petit Julien » ! Violent, brutal, impulsif. Et pis encore : trouble, oui, trouble...

Elle mit un doigt sur sa bouche. Et il eut d'elle le plus beau sourire qu'elle lui eût jamais donné.

Comment aurait-il pu ? Mais ici, dans ce pays, cette Allemagne qui est la sienne, qui lui est tout entière comprise... Vous rappelez-vous le soir où sur votre terrasse, avant de m'annoncer que je partirais avec vous, vous m'avez dit : « Ne vous [illegible] » ? Terrible ! Terrible ! il est beau, votre petit ami... Vraiment, cruel, impulsif. Et pis encore : troublé, oui, troublé...

Elle mit un doigt sur sa bouche. Et il eut d'elle le plus beau sourire qu'elle lui eût jamais donné.

V

Quand ils s'étaient embarqués à Mayence, un orage menaçait au nord-ouest. Il allait être midi.

Il n'avait pas fallu plus de quarante-huit heures pour que, dociles aux prévisions et aux espoirs de Gabrielle, l'horizon politique s'éclaircît et la raison triomphât. Partout, à la maison des Françaises, au restaurant Ulmett, on avait échangé des poignées de main, des souhaits de se revoir un jour. Chez ses logeurs, Frau Weth avait embrassé Julien, Herr Weth avait retenu ses mains, tandis qu'en un long compliment il lui disait le plaisir et l'honneur d'avoir accueilli sous son toit un garçon si vivant et si gai, si agréablement français. La porte de la chambre était restée grande ouverte. Par-dessus les maigres épaules, Julien apercevait au pied de la fenêtre l'étroite banquette sous sa guipure et ses coussins brodés. Il se sentait déjà très loin. Le retour de Falkennest, les heures délirantes d'avant l'aube, le noir silence, si sa mémoire en retrouvait l'oppression inoubliée, ce n'était pas à la vue de cette chambre rendue à son abandon, à sa froideur banale et glacée, mais à celle des gros yeux saillants qui restaient attachés aux siens, ces yeux hors de la vie où passaient des ombres nocturnes, à ces mains qui retenaient les siennes et que la mort avait déjà marquées.

Chez les Bausch, on s'était répandu en projets : Wilfried, au cours du prochain hiver, irait pour la seconde fois en France, chez des confrères tanneurs de Meung-sur-Loire avec lesquels on était en relations d'affaires. Or, de Meung à Chasseneuil, il n'y a pas cinquante kilomètres. Il reviendrait une autre fois au début du prochain été ; et même, si Mme Roy le permettait, Herr Bausch serait du voyage : ce lui serait une joie d'accompagner le cher Pacome, son stage heureusement terminé, lors de son rapatriement. Excellente occasion, aussi, de visiter les tanneries Bonnecombe : il y a toujours profit, ne serait-ce que moralement, à ces rencontres de bonnes volontés.

Le Rhin, dès le ponton d'embarquement, leur avait paru énorme, animé comme à Kehl de péniches basses sur le courant, de blancs bateaux à aubes brassant les eaux en remous écumeux, mais de beaucoup plus ample qu'en Alsace, souverainement poussant ses ondes à travers des îles boisées, le long de pentes où s'alignaient jusqu'à la berge, tournant lentement sous leurs yeux au passage, les vignobles de Rüdesheim. Couleur de plomb sous la nuée livide qui montait, à leur droite, au-dessus de l'Hinterlandeswald, il coulait d'une seule masse étale, égale, et qui semblait par instants immobile.

— Heureusement, dit Gabrielle, que nous n'allons pas vers l'orage. Nous l'aurons dépassé quand il franchira la vallée.

Elle se trompait. Après Bingen le Rhin, qui jusque-là coule en direction de l'ouest, s'infléchit presque à angle droit vers Lorch. A peine le bateau eut-il dépassé la Maüseturm, des rafales brusques, l'une suivant l'autre à de très brefs intervalles, l'assaillirent hargneusement à la proue. Ils se tenaient alors, tous les quatre, à la pointe de la plage avant. Quelques minutes plus tard, ils grelottaient. Nombreux d'abord autour d'eux, et loquaces, les passagers désertaient par groupes, gagnaient en hâte le pont couvert.

— Ça va passer... Ça va passer, répétaient Blonde et Brigitte.

Elles s'obstinaient, faisaient front vaillamment. La nuée de tout à l'heure, compacte et sombre, s'était diluée en une brume étrange, blême, uniforme, qui dérobait le sommet des collines. Le fleuve, le ciel se confondaient dans la même atmosphère de limbes où surgissaient parfois, aussitôt disparus, le bulbe d'un clocher d'église, le pan ruineux d'une tour accrochée au-dessus du courant.

— Soyons raisonnables, mes enfants. Nous verrons aussi bien de là-haut.

— Nous ne verrons rien, dit Brigitte. Des vitres embuées, voilà tout.

— Mon petit Julien, dis-le-leur.

— Moi ? Même si je pense comme vous, croyez-vous qu'elles m'écouteront après vous avoir tenu tête ?

Et, ce disant, c'était Blonde que regardait Julien. De tous ces derniers jours, ils n'avaient pas échangé trois mots. Leur mésentente, visible aux yeux de tous, avait fait peser autour d'eux un malaise qui persistait, aggravant davantage la déception de ce voyage gâché, du temps hostile, du froid qui les pénétrait. Même Brigitte, si rieuse d'ordinaire, si bienveillante à tous, triste d'avoir quitté Wilfried moins de deux heures auparavant, cédait à une maussaderie d'autant plus remarquée qu'elle était inhabituelle. Elle dit, en haussant les épaules :

— On ne cède pas devant un orage, qui d'ailleurs n'en est pas un. Est-ce que seulement vous entendez tonner ?

— Justement oui, dit Gabrielle.

Un grondement, venu du fond de la vallée, roulait maintenant sur les eaux du fleuve, approchait, semblait fondre sur eux. Ils sursautèrent : un train passait, train fantôme enfanté par la brume, repris par elle et disparu. Alors ils rirent, de dépit sarcastique sur leur commune déconvenue, sur eux-mêmes, sur leur vaine obstination. Et enfin, ils quittèrent la place.

Il y avait, à l'arrière du pont supérieur, une salle de restaurant presque comble, où par chance ils trouvèrent une table. Un épais embu sur les parois de verre justifiait le propos de Brigitte ; mais la tiédeur feutrée du local, le bruit des voix et jusqu'au fouettement, contre les vitres, des giboulées qui les cinglaient spasmodiquement, détendirent la mère et les filles dans une sensation de bien-être que Julien perçut à travers elles. Mais lui-même restait tourmenté, anxieux, aussitôt rappelé malgré lui vers la violence du vent, le ruissellement du flot sous les aubes, l'espace blafard hanté de phantasmes à demi révélés, dérobés, attendus. Il fit signe à un maître d'hôtel ; et, dès que l'homme se fut rapproché d'eux :

— Pardonnez-moi, dit-il à Gabrielle, je vous laisse. Vous êtes bien ici. Déjeunez tranquillement toutes les trois. Nous en avons pour quatre bonnes heures avant d'atteindre Coblence. D'ici là le temps peut s'arranger. Vous me retrouverez facilement.

Il fut de nouveau dehors, face à la véhémence du vent. La bourrasque n'avait pas faibli. Elle lui jetait en plein visage des gerbées de pluie si violentes que les gouttes cinglaient comme des grêlons. Il allait le long d'une coursive, le front penché et faisant tête. Entre chaque rafale, il entendait le ronronnement vibrant qui hantait la membrure du bateau, et parfois, juste au-dessous de lui, le frappement du ressac que renvoyait contre la muraille le passage d'une péniche qu'on croisait. L'eau du fleuve, un instant colorée, bougeante de reflets tournants, reprenait son uniformité, s'allongeait sous le ciel comme une immense risée sombre où le galop du vent, de nouveau, faisait courir des écailles de clarté pâle, si lumineuses soudain qu'elles semblaient tombées d'un autre monde.

A Lorch, le bateau accosta. Quelques passagers attendaient sur l'appontement, une dizaine d'ombres anonymes sous des imperméables au col étroitement relevé. A peine à bord, ils disparurent dans les installations intérieures. L'homme de manœuvre à terre largua le câble d'amarrage. Il aperçut Julien, lui fit signe de la main : « Bon voyage ! » Et, la face rieuse, il lui montra le ciel vers l'aval.

Julien gagna l'extrême avant. Il était seul, comme il l'avait souhaité. Le vent, lui sembla-t-il, avait quelque peu fléchi. Droit devant, dans la direction qu'avait montrée l'homme de manœuvre, la nue s'était soulevée tout entière sur une lame de clarté fraîche, vaguement bleuâtre, d'une limpidité merveilleuse. Les écailles de lumière caressaient l'eau, là-bas, d'un scintillement multiplié. Des flancs de collines boisées, d'un bleu intense et pourtant translucide, se haussaient peu à peu vers des pans de murailles fauves, de lourds donjons à demi drapés de lierre. Il avisa, sur tribord, un amoncellement de caisses à peu près à hauteur d'homme, entassées de telle sorte qu'elles ménageaient entre elles une chicane à angles brisés. Ce fut là qu'il vint s'asseoir, juste au bord de l'espace libre.

Il découvrait de là toute la largeur du fleuve en aval, jusqu'à une flèche d'église qui devait être celle de Bacharach. Du bref arrêt à Lorch, il gardait la vision de maisons claires à colombage, de fleurs exubérantes, de roses encore mouillées de pluie. Cela, déjà, le réconciliait. L'alacrité de l'air, où maintenant l'ample coulée du vent, toujours puissante mais paisible, suspendait sur le Rhin un autre fleuve à contre-courant, les révélations soudaines qui s'offraient de méandre en méandre, l'attrait de celles qu'il attendait éveillaient dans son être une vivacité attentive qui rejoignait d'un élan sa jeunesse. S'il avait pu croire, un moment, qu'il avait cherché la solitude pour la vouer à des songes secrets, c'était fini. Puissamment distrait de lui-même, il se livrait avec bonheur à une griserie qu'il reconnaissait, un appétit, une boulimie sensorielle qui le rendaient à ses dix-sept ans.

Le Rhin, après un étranglement que semblaient surveiller encore, face à face et d'une rive à l'autre, les ruines du château Nollig et celles du burg Fürstenberg, s'élargissait en une courbe superbe qui l'inclinait tout entier vers Kaub. On ne voyait pas la bourgade, encore cachée par une avancée de la rive droite ; mais un îlot, dans l'axe du fleuve, attirait aussitôt les yeux. Sur un socle de roc liséré de sable clair, une masse monumentale, blanchie à neuf, sommée d'un haut donjon casqué d'ardoise autour duquel un hérissement de toits aigus, à échauguettes, à mâchicoulis, à corbeaux se pressait et faisait la ronde, renversait dans les eaux du fleuve un reflet qui la doublait. Julien venait de se dire : « C'est la Pfalz », lorsqu'un bruit léger l'intrigua, celui d'un pas qui approchait. Il n'eut même pas le temps d'un réflexe. Gunther, déjà, était devant lui.

— Bonjour, Julien. Tu vois que je tiens ma promesse.

— Je vois, Gunther.

Il devait arriver à Julien, maintes fois et pendant des années, de revivre en pensée cet instant. Et chaque fois il devait retrouver, aussi vive, l'impression qui sur-le-champ l'avait saisi. S'il se fût alors étonné, cela n'eût pas été, ou à peine, devant l'inattendu, mais au contraire devant un ordre des choses dont la nécessité l'avait immédiatement frappé. Gunther était monté à Lorch, sans doute confondu dans le groupe d'arrivants que Julien n'avait que vaguement entrevu. Et maintenant il était là : c'était ainsi et c'était bien. Jamais encore, même aux instants privilégiés de leurs rencontres au bord de l'étang, il n'avait eu cette franchise de visage, cette présence nue et d'avance accordée. Le cœur de Julien battait. Alors seulement, il en était sûr, il lui était enfin donné de connaître vraiment Gunther. Et il trouvait dans cette conviction un regain de confiance qui ranimait irrésistiblement le prime élan de son amitié. Il montra du doigt, devant eux, la forteresse blanche et bleue :

« C'est bien la Pfalz, cette espèce de cuirassé barbare ?

— C'est bien elle, dit Gunther en riant. Quel verrou, hein ? Avec le burg Gutenfels, là-haut, les chances devaient être minces d'embouquer le passage gratis. Tu sais qu'un peu plus loin, presque au pied de la Lorelei, il y a des écueils immergés ? On les voit affleurer aux basses eaux. Que choisis-tu ? Les barons voleurs ou la nixe ?

— Ni l'une ni les autres, Gunther. J'ai payé mon billet et je sais très bien nager.

— Figure-toi..., dit Gunther.

Et il regarda Julien. Jamais non plus, dans l'attention soudaine de ses yeux, Julien n'avait pu lire cette sorte d'inquiétude ou d'angoisse, ni surtout cet oubli de soi qu'il y discernait maintenant. Il attendait. Il en était de plus en plus sûr : l'homme qui allait parler était un homme désarmé.

« Figure-toi que ce qui nous arrive, je l'ai d'avance imaginé ! Tout de suite, dès votre venue. Je voudrais te donner à sentir la force de l'élan qui m'a porté, soulevé vers toi. Je doute d'y jamais parvenir, tant à mes propres yeux sa nature reste encore obscure. Passionnelle en tout cas, et subie. Tu as pu t'en apercevoir : je n'aime pas subir. Tu m'étais tout à fait inconnu. Ton aspect, ta façon de rire, d'écouter, de faire confiance et d'aller au-devant, certainement aussi ta... comment dire ? ta francité... Mais à quoi bon analyser ? J'ai senti se lever en moi, âpre et dure comme celle de tout à l'heure, une bourrasque vraiment sauvage : envoûter pour conquérir, dominer, posséder, me substituer à toi en toi. Tu m'as cru fort, maître de moi ; enclin au rêve, oui, amoureux de la nuit, mais réaliste. Il m'a semblé du moins. Je suppose. Et ce n'était pas si mal vu. Mais ce côté nocturne de ma nature, si tu l'as quelquefois pressenti, j'ai su très vite qu'il te faisait horreur. Ne proteste pas, c'est vrai. Alors j'ai nourri contre toi un ressentiment terrible. Une fois ou deux j'avais cru te toucher, sentir de toi à moi l'assentiment, l'aliénation que je voulais. Vulnérable, tu étais vulnérable ! C'est pourquoi j'ai cherché tes points faibles, cherché avec acharnement. Je t'atteindrais, mais autrement. Te blesser dans ton intégrité, te marquer... Tu peux sourire, c'est la vérité.

— Mais bien sûr, dit Julien. « Je te vois saigner, et je t'aime. »

Il souriait en effet. Car il sentit, à mesure qu'il écoutait Gunther, affluer dans tout son être une sérénité annonciatrice de joie. Il regardait, sur la joue de son ami, la longue balafre qui marquait la chair. Il évoquait l'éclair du sabre, son sifflement, le sang affleurant aussitôt et son ruissellement vermeil ; mais il ne sentait plus, traversant sa propre chair, la brûlure des premiers jours. Gunther avait surpris son regard, et il eut l'un de ces sourires, lumineux et pleins de charme, que Julien avait aimés.

— Sais-tu, dit-il, que tu m'as rendu la pareille ? Sans t'en douter, mais à coup sûr. Rien qu'en restant toi-même, purement toi-même, d'une constance merveilleuse dans ton être. Il faut me comprendre, Julien. Je te dis tout, je suis venu pour ça, il n'y a plus de danger désormais...

Il sourit de nouveau, prit la main de Julien, la serra, la laissa aller.

« ... Ni pour toi, ni pour moi. Je ne t'oublierai jamais. Et je voudrais que toi aussi, demain, longtemps, tu gardes de moi un souvenir ressemblant. Je suis moins pur que toi, Julien, bien plus instable, plus divaguant. Lorsque j'avais à peu près ton âge, tu ne peux pas savoir à quel point j'ai baigné dans le rêve, dans un monde de chimères et de métamorphoses. De ce temps délirant je ne suis pas encore guéri, pas tout à fait. Regarde !

Et il montrait en avant d'eux, sur la rive droite, le flanc d'une colline rocheuse, moutonnante d'arbres en masses épaisses au-dessus desquelles, à quatre cents pieds du fleuve, la roche rejoignait le ciel.

— La Lorelei ? dit Julien.

— La Lorelei, oui. En ce moment, je parierais qu'au bar-restaurant un phono nasillard moud pour la clientèle la ballade de Heinrich Heine. Grand bien leur fasse ! Et reprise au refrain. Moi...

Il eut un rire, voilé soudain par un passage d'ombre, mais de nouveau éclairant son visage.

« Moi, dans notre Offenbach, sur les bords de l'étang peut-être, j'ai rêvé de l'heure où nous sommes, de cette vallée, de ce vieux fleuve poussant héroïquement ses ondes vers la plaine libre et la mer. Notre dernière *Mensur,* Julien, impitoyablement vécue par moi dans un délire d'inimitié. Quel décor pour un tel paroxysme ! Car je t'ai vu noyé, ici même, pâle et beau, tel qu'en toi-même enfin, au chant de la Lorelei, les vieux esprits du Rhin, fils et filles du Diable et de la Nuit, changeaient l'imprudent garçon aventuré sur des eaux dangereuses : « Un doux adolescent éteint son flambeau et s'endort... »

— Novalis, dit Julien. « Douce devient la mort

comme un murmure de harpe. » Rassure-toi : je n'ai pas sommeil.

— Mais dans mon rêve, dit Gunther, je te sauvais.

Ils restèrent un moment silencieux, contemplant la coulée du Rhin, toute bleue maintenant sous le ciel bleu. Bien plus qu'à l'héroïsme dont avait parlé Gunther, les pentes vêtues de forêts, l'alternance des vignes en terrasses, la fraîcheur pimpante des villages, leurs églises peintes, et même les burgs sourcilleux caressés par le soleil parlaient d'abord de joie de vivre. Si ce pays donnait à rêver, ce devait être d'un bonheur simple et facile. Et si quelque appel magique en eût fait résonner les échos, il eût tenu en un seul mot : « Restez. »

« Encore une heure à peu près, dit Gunther, jusqu'à Boppard. C'est là que je descendrai.

Depuis que le soleil brillait, chacun d'eux, à part soi, appréhendait de voir leur solitude interrompue par quelque fâcheux. Et ils pensaient aussi, sans non plus se le dire, à Gabrielle et à ses filles. Lorsque Julien, quittant leur retraite, fit quelques pas vers l'extrême avant du bateau, Gunther savait ce qu'il cherchait des yeux, la tête levée vers le pont supérieur. Il revint aussitôt, disant :

— Il y a beaucoup de monde là-haut. Je pense qu'elles ont suivi la foule et qu'elles ne descendront pas.

Ils demeurèrent ainsi, rapprochés dans une même paix, invisibles aux regards d'en haut, et toute la vallée devant eux. Ils contemplaient, tantôt se taisant, tantôt poursuivant à leur gré un entretien merveilleusement libre dont chacun mesurait le prix.

— Ce n'est pas moi, disait Gunther, qui les ai conduites vers l'étang.

— Oui, c'est Pacome.

— Qui te l'a dit ?

— Gabrielle.

— C'est bien ainsi.

Un peu plus tard, Gunther encore :

« Qu'est-ce que tu leur as crié ce soir-là, quand tu fulminais contre moi ? A propos de Saverne, d'une grande cour, d'un homme botté qui vociférait ?

— Un officier, oui, un Allemand. Je ne te connaissais pas encore. Mais deux fois au moins depuis, à travers ce mauvais souvenir, il m'a semblé te reconnaître. Comme si tu m'avais dit : « C'était moi. »

Il eut un affectueux sourire, acheva :

« Il ne criait pas seulement. Il schlaguait.

— Oui, dit Gunther. Une recrue, une caboche dure, une Tête-de-Loup en uniforme... Se colleter, c'est démocratique ?

— Et schlaguer, c'est autocratique ?

Ils éclatèrent de rire ensemble. Gunther se leva, s'étira et, d'une voix plus basse et plus chaude :

— Un autre de mes rêves, Julien : parler ainsi et tout se dire, ouvertement, véridiquement... Mais ce rêve-là se réalise. Nous avons tous deux de la chance.

Il réfléchit quelques instants, reprit :

« Autocratique... D'où t'est venu ce mot ? C'est inouï.

— Mais de ce que tu es, Gunther ! Un ogre, sentimental et cruel, néanmoins plein de contradictions d'autant moins guérissables que tu en aimes le tourment. Oublions tout cela, toi et moi. Qu'est-ce que je dis ? C'est oublié ! Il me semble aujourd'hui que tu viens de me rendre à moi-même et qu'ainsi notre amitié commence.

— Pour une demi-heure, dit Gunther. J'aperçois déjà Bad Salzig, il va falloir bientôt nous quitter.

Presque jusqu'au dernier instant ils allaient garder le silence, chacun d'eux rendu à ses pensées. « Incroyable, se disait Julien. Voici que j'ai le sentiment d'être devenu son aîné. A-t-il relu ses romantiques ? Il devrait bien. Solger, par exemple : le romantisme ? " Un amusement de l'imagination, qui papillonne au-dessus des abîmes de la conscience humaine. " C'est dangereux. Plus que l'éblouissante parure d'or et le chant de la Lorelei au-dessus des écueils du Rhin. Cela conduit un Novalis à se consumer d'amour pour une morte, un Kleist à entraîner sur les bords du Wannsee, pour un double coup de fusil mortel, une femme belle, heureuse et vivante. Vivante, Gunther ! Et la folie du doux Hölderlin ? Et celle de Lenz rêvant sa *Stimmung,* en osmose avec la nature " comme la fleur qui boit l'air avec la croissance et la décroissance de la lune " ? L'Esprit des eaux l'a envoûté, celui-là. Et ça se terminera par un pataugis lamentable, la nuit, dans la fontaine publique du village... Honte à moi, " petit cartésien du Val de Loire " ! Ce pays est splendide, émouvant. J'assiste à lui, je l'admire, il *me* plaît. Je regarde, donc je suis. »

— Gunther ?

— Oui ?

— Blonde et toi, quand vous parliez de moi tous les deux...

— C'est d'elle, surtout, que je lui parlais.

— A la façon, je pense, dont tu me parlais de moi, surtout de moi, lorsque nous parlions d'elle ensemble ?

— Il faudrait nuancer, dit Gunther. Mais c'est ça.

— Autre chose...

— Je t'écoute.

— Le soir de Falkennest, lorsque je suis rentré dans la nuit...

— Je sais. Katel m'a raconté.

— Elle était malheureuse, sa détresse faisait peine à voir.

— Je sais, redit Gunther. Tu as été très gentil.

— Dis-moi encore... Quand vous vous êtes fâchés et qu'elle s'est enfuie, hors d'elle-même, pensais-tu qu'elle rentrerait, comme elle l'a fait, à Offenbach ; qu'elle me verrait, et que nous serions seuls ?

— Mais naturellement, dit Gunther.

Il se leva, consulta sa montre, désigna du doigt, au-dessus de Saint-Goarshausen, un burg au puissant donjon, un peu au-delà un autre burg, plus grêle, qui semblait se serrer sur lui-même sous la vue de son puissant voisin.

« Châteaux du Chat et de la Souris, dit-il. Ce sont leurs noms, et qui évoquent une longue histoire. Nos Rhénans ont de l'humour.

Julien, peut-être, allait parler encore. Mais déjà l'anse de Boppard se dévoilait dans un tournant du fleuve, luxuriante, couronnée de jardins.

« ... Et ces deux-ci, reprit Gunther en montrant deux autres burgs, le Liebenstein et le Herrenberg, on les appelle les Frères ennemis. Ils sont à peu près de même taille. Et ils se sont réconciliés.

Julien l'avait rejoint. Ils étaient debout l'un devant l'autre, se regardaient au fond des yeux. Leurs mains se tendirent, s'étreignirent. Ce fut Gunther qui les dénoua. L'instant d'après, il avait disparu comme une ombre.

Le bateau ne toucha Boppard que le temps d'une brève manœuvre. Au moment où il débordait, Julien, appuyé sur la lisse, regardait sur l'appontement un groupe de curieux que son passage avait attirés là. Et soudain, à une vingtaine de mètres, il vit Gunther paraître au premier rang. Il ne distinguait pas ses traits, effacés par le contre-jour. Mais sa silhouette un peu penchée, tendue, lui fit basculer le cœur. Il leva haut le bras, l'agita à travers l'espace. L'ombre de la colline n'atteignait pas encore le point du fleuve que brassaient les aubes. Son propre visage était en plein soleil, et il se disait que Gunther continuait de le suivre des yeux.

Quand il se retourna, levant la tête vers le pont supérieur, il revit au-dessus de lui les rangs serrés des passagers. Le brouhaha des voix, animées et nombreuses, lui parvenait en même temps. Au moment presque où il l'attendait, il reconnut celle de Brigitte, un appel familier, amical et joyeux :

— Houhou ! Houhou !

Il l'aperçut, penchée vers lui, et aussitôt Gabrielle et Blonde.

— Je monte ! leur cria-t-il.

Et il pensait, le cœur maintenant léger : « Comme à Chasseneuil, sur la terrasse. »

VI

Deux jours seulement depuis qu'ils sont rentrés, qu'ils ont retrouvé le Coteau. Mais c'est jeudi, le « jour » de Gabrielle. Jeudi oblige. Ils sont tous là, tous les fidèles, et même les parents de Julien, et même le nouveau percepteur et sa femme. Tout se renoue, recouvre sa permanence, s'offre dans sa durée aux écarts de la mémoire comme à sa fidélité.

— Eh ! bien, Julien, dit Gabrielle. A quoi rêves-tu ?

Il sursaute. Sur la terrasse d'en haut, à l'ombre des deux tilleuls, ils sont une vingtaine peut-être autour des tables de jardin. Depuis peu arrivé à Chasseneuil, le ménage Piettre, intronisé, a les honneurs de la table majeure. Avec le percepteur et sa femme, M. et Mme Derouet entourent Gabrielle et leur fils, heureux parents objets d'un double honneur : l'invitation inhabituelle et le prestige du fils, voyageur aventureux désormais de retour au bercail.

— Je rêvais ? dit Julien. Pardon. Mais c'est vrai :

il y a des moments où je doute tout à coup d'être ici, à Chasseneuil, sur votre terrasse.

Et il commente, un peu avantageux, car il vient de céder à l'entraînement du verbe, du récit vif et brillant :

« A moins d'être blasé, dit-il, on se laisse surprendre, on s'étonne. Et l'on dit : « Je n'en reviens pas. » Ça doit être ce qui m'arrive : je n'en suis pas encore revenu.

Pendant presque une heure, il a conté des épisodes de leur voyage, les plus drôles ou les plus saugrenus, la chute du confessionnal dans la cathédrale de Strasbourg, la nuit de Falkennest, leurs prouesses de buveurs de cidre et la ruée de Lucien, tête baissée, vers les eaux profondes du Main. Les rires qu'il provoquait attiraient l'assistance à la ronde, on rapprochait les autres tables, on élargissait le cercle autour des tasses de thé, des gâteaux secs, des verres de limonades « javanaise », spécialité des établissements Derouet. Mme Derouet, toute petite et très brune, attachait sur son fils un beau regard admiratif et tendre. M. Derouet, surnommé « Belle-Prestance » par les malveillants du bourg, effilait sa moustache pour se donner une contenance désinvolte, mais sa fierté faisait plaisir à voir.

On approchait de la mi-septembre. Le Val, en cette saison, trouve sa plus heureuse ressemblance, singulièrement à l'heure où ce Jeudi de Gabrielle ralliait l'assemblée des fidèles. Au-dessus du fleuve en basses eaux, coupé de grèves étales dont le soleil hâlait la pâleur rose, le ciel, l'image du ciel exaltée par le miroitement du chenal abandonnaient la buée qui d'ordinaire, d'un horizon à l'autre, en voile doucement les couleurs et les lignes. Tout le temps qu'il avait parlé, Julien n'avait cessé de sentir de toute part, bien au-delà des présences attentives, la transparente immensité. Et le moment était venu où malgré lui, d'instant en instant davantage, il s'était senti requis par une exigence intérieure qui ne lui laisserait plus de trêve.

C'était à ce moment-là que Gabrielle l'avait interpellé. Lorsqu'il était arrivé tout à l'heure, entre son père et sa mère, par le portail de la Grande-Rue-du-Port, il avait eu au cœur un petit pincement de regret en pensant au toit du lavoir, à l'allégresse du saut qui le jetait vers Blonde dans les touffes de framboisiers. L'élan qui le portait alors avait la légèreté chaleureuse d'une conquête, la liberté d'un jeu qui se souvenait de l'enfance, de sa grisante clandestinité ; au lieu que tout à l'heure il avait traversé le salon du banquier sous le regard lointain d'une idole peinte, en robe d'apparat, qui n'était pas, qui n'avait jamais été Gabrielle. « Monter » sur la terrasse, était-ce accéder de plain-pied à l'aire sablée qui craquait sous le pas, à la balustrade blanche à laquelle, entre les pots de géraniums, on allait s'appuyer « pour admirer le paysage » ? Il l'avait cru d'avance et tout ce jour encore, jusqu'à céder à une superstition dont il souriait dans son for intérieur : fermer les yeux exprès à la vallée de Loire, s'interdire de dépasser les chais des établissements Derouet pour la joie du premier regard qui lui rendrait ici, d'un seul coup et tout entière, la beauté de sa terre natale.

« A quoi rêves-tu ? », avait dit Gabrielle. Il lui avait répondu avec gêne, dans une demi-sincérité. S'il eût été seul avec elle, d'autres mots lui seraient venus aux lèvres, ceux qui maintenant se formulaient en lui, chauds et vivants : « Je rêve au soleil de cinq heures, à l'amitié que j'ai sentie il n'y a guère plus d'un mois, si longtemps ! —, entre sa lumière et l'horizon, le reflet de la touffe d'osier, là-bas, sur la rive opposée, cette feuille de tilleul qu'elle traverse et les cheveux de ma " fiancée " Blonde. D'où vient que je les ai perdus ? »

Il tressaillit. Le percepteur parlait :

— J'avais tout juste dix-huit ans lorsque je me suis engagé. Il y a de ça vingt-sept ans, j'en ai aud'hui quarante-cinq. La coloniale... Je peux le dire : elle m'en a fait voir, du pays ! Sept ans après, j'étais capitaine. Du pays et des gens, et souvent de drôles de bonshommes. Hanoi, Hué, les Pavillons noirs... C'est chez Tu Duc que j'ai pris cette balle dans l'œil...

« Un raseur, pensa Julien, et qui va pérorer longtemps. » Il cessa d'écouter, retrouva aussitôt la pente de sa rêverie. « Blonde ? Elle m'a demandé dès que je les ai rejointes, avec le petit air soupçonneux et jaloux que je connaissais si bien : " A qui faisais-tu signe quand le bateau a quitté Boppard ? " Je lui ai répondu : " A une inconnue sur la rive. Une étrangère, la *Mädchen in der Fremde.* Extrêmement belle. Mais le bateau était parti. " Alors elle a ri de bon cœur et j'ai compris qu'elle ne m'en voulait plus ; que désormais elle ne m'en voudrait plus de rien ; qu'elle s'était complètement détachée, indifférente, oublieuse, une autre... Et moi ? Elle est ici, à quelques pas, à côté de Roland Audebert. Brigitte pense à son Wilfried, le flirt est libre, et Blonde prend le relais. Ses mines, ses yeux chavirés... La rage que j'aurais piquée il y a seulement un mois ! Et rien. »

Un éclat de voix du percepteur le rendit à la réalité présente. Piettre imitait le bruit d'une fusillade, mimait le sursaut violent d'un homme qu'une balle frappe au visage.

« Un brouillard rouge, un voile de sang qui m'aveuglait... Heureusement, mes braves marsouins...

Encore une fuite, un repli de Julien sur soi. Mais de nouveau la voix de Piettre :

« Comme si on était un autre, un étranger... Il y a un mot : dépaysé. On croit que ça s'applique au sédentaire qui sort de son patelin, tout aussitôt déconcerté par des mœurs ou des rites inconnus. Mais je pense que c'est le contraire : il réintègre, et ne reconnaît pas son pays. Comme s'il revenait de mille, de deux mille lieues : il a été dépaysé, vous comprenez, mais il ne s'en aperçoit qu'au moment de son retour. Il va falloir qu'il réapprenne, qu'il redécouvre... Mais vous pouvez m'en croire : c'est merveilleux.

Julien regarde le percepteur, pense qu'il s'est trompé sur son compte. Tout à l'heure il le voyait de profil, du côté de son œil de verre ; un profil dur, éteint, un masque morne, péniblement inerte. Il a suffi qu'il se tournât un peu pour que ce masque s'animât, devînt sous ses yeux un visage. Désormais, il l'écoutera intensément.

« Pas besoin, disait Piettre, d'être allé au bout du monde. Ni la distance, ni le contraste ne mesurent l'amplitude de ces secousses, la profondeur de ces coupures. Si je vous disais qu'ici même... C'est beau, tout ça — et il montrait l'ample vallée —, même aux yeux du Beauceron que je suis. Mais savez-vous ce qui me rapatrie ? Vos vieux moulins sur le bord de la route, à l'opposé de la Loire, vers le nord, là où le vent du Val saute sur la plaine et la balaie. Presque tous ont cessé de moudre ; leur lourde meule, souvent, en a effondré le plancher et elle gît à leur pied, ensevelie sous les orties. Mais ils ont gardé leurs ailes, presque tous. Et quelquefois, quand la brise s'enfle, elles s'émeuvent, elles bougent sur le ciel ; et voici qu'elles se mettent à tourner. Alors je vais les voir, les entendre. Elles craquent, elles geignent ; et peu à peu, grandes sur le ciel, elles tournent, elles ronflent ; et leur souffle puissant se mêle à la houlée du vent. Alors je peux fermer les yeux : je sens l'odeur de la farine blutée, j'entends l'alouette qui grisolle sur la mer des blés mûrissants, tout m'est donné, la motte de terre dans le champ de betteraves, la double flèche de Chartres à l'horizon.

« Sa *Stimmung* », songe Julien. Et aussitôt, dans un sursaut intérieur où l'agacement et la tristesse se mêlent :

« L'Allemagne me colle encore à la peau. Ces mythes, ces confusions, l'amour, la mort, la nixe et l'androgyne... Il y a eu des moments, c'est sûr, où il m'a traité comme une fille. Et la violence à travers ça, la guerre, la race, cet érotisme de la cervelle... Bon sang, je l'ai dit tout à l'heure et ne croyais pas si bien dire : je n'en suis pas encore revenu. »

— Julien ?

Il n'entend pas. La voix se fait plus forte :

« Julien ?

C'est Gabrielle, debout devant lui. Elle s'excuse auprès des autres, avec l'aisance naturelle qui confirme son autorité :

« J'emmène ce garçon un instant. Nous avons nos petits secrets.

Julien la suit. Ils passent entre les tables. Elle continue de sourire à la ronde, de semer au passage les signes d'intelligence, les mots banalement gentils : « Ne vous sauvez pas tout de suite, mon bon docteur : je reviens. — Lorsque vous partirez pour Saint-Cyr, Roland, venez me voir en uniforme. Je tiens à vous admirer moi aussi. — Quelle mine tu as, Millie chérie ! La Baule t'a réussi, cet été. »

Millie Leveneur se retourne vers eux, lève sur Julien un regard qui insiste. Il soutient ce regard et il songe, la défiant déjà : « Est-ce que tu crois me faire rougir ? »

Et c'est vrai, il ne rougit pas, continue de la regarder jusqu'à l'instant où elle bat des cils et détourne à demi les yeux.

Tandis que Gabrielle s'éloigne, elle dit très vite :

« N'oubliez pas les Orléanais, monsieur Derouet, jusqu'en mai nous ne bougerons pas de notre rue Bretonnerie.

Un imperceptible sourire glisse sur le visage de Julien. Il presse le pas et rejoint Gabrielle qui l'a quelque peu devancé.

— Asseyons-nous, dit-elle.

C'est le même banc, à l'angle du corps de logis principal et de l'aile en retour à l'est, le même soleil oblique qui coule en nappe sur le sable. Les premiers martinets commencent leur ronde au-dessus des toits, les merles, sur la terrasse d'en bas, égrènent leurs premiers trilles sonores.

« Qu'est-ce qui ne va pas, Julien ?

Il hausse à demi les épaules.

— Dites-le-moi, si vous le savez.

— Essaie au moins.

— C'est difficile. Et d'ailleurs, à quoi bon ? Si j'essayais, où irais-je me perdre ? Je me sens vide, sans poids, je dérive... Au fond, je viens de tout vous dire.

Mais il ajoute, dans un demi-sourire :

« Je cherche mes moulins à vent.

Elle devient grave, hoche doucement la tête. Il l'entend murmurer :

— Moi aussi.

Et c'est assez déjà pour que la constriction qui lui serrait la gorge perde un peu de sa dureté. Il y a entre eux un silence. Et Gabrielle, les yeux au loin :

« Ce n'est pas la seule fois, Julien. Pour toi non plus, hélas ! ce ne sera pas la seule. Vivre, c'est toujours recommencer.

Pendant qu'elle parle, il laisse errer ses yeux à travers la vallée, sur le chenal qui va sinuant, d'un bleu ardent et sec entre les grèves torpides, sur la côte de Sologne qui souligne l'horizon d'un trait dur.

La voix de Gabrielle se tait. Et c'est lui qui poursuit, de la même voix murmurée :

— Quelque chose est parti, la buée fine, à peine perceptible au regard, mais qui baignait ce monde tout entier. Immatérielle, peut-être illusoire, comme une transparence d'âme qui transmuait toutes choses ici-bas, et que je ne retrouve plus.

— Ton enfance, dit Gabrielle. Plaise à Dieu qu'elle ne soit qu'endormie ! Mais je te connais, Julien : elle ne mourrait que de ton désespoir.

Il lève les yeux vers elle. Elle attend les mots qu'il va dire. Mais soudain il se transfigure, pâlit, tout son visage s'éclaire comme d'une lumière intérieure : l'horloge de l'église sonne l'heure. Chaque tintement semble prendre l'essor, plane, effleure au passage les toits anciens de la bourgade, descend vers lui en lentes vibrations dont chacune s'attarde un peu, comme à dessein, atteint son corps et le traverse, tandis que le tintement suivant, déjà, s'envole, plane, et descend vers lui.

« Tu vois, dit seulement Gabrielle.

IMPRIMERIE BUSSIÈRE À SAINT-AMAND (CHER)
DÉPÔT LÉGAL : JUIN 1986. N° 9261 (1007)

Du même auteur

AUX ÉDITIONS DU SEUIL

Un jour
roman, 1976
Points Roman, 1980

La motte rouge
(Sanglar)
roman, 1979
Points Roman, 1981

Trente mille jours
autobiographie, 1980
Points Roman, 1981

La maison du Mesnil
roman, 1982

Ceux de 14
Points Roman, 1984

Collection Points

SÉRIE ROMAN

R1. Le Tambour, *par Günter Grass*
R2. Le Dernier des Justes, *par André Schwarz-Bart*
R3. Le Guépard, *par Giuseppe Tomasi di Lampedusa*
R4. La Côte sauvage, *par Jean-René Huguenin*
R5. Acid Test, *par Tom Wolfe*
R6. Je vivrai l'amour des autres, *par Jean Cayrol*
R7. Les Cahiers de Malte Laurids Brigge, *par Rainer Maria Rilke*
R8. Moha le fou, Moha le sage, *par Tahar Ben Jelloun*
R9. L'Horloger du Cherche-Midi, *par Luc Estang*
R10. Le Baron perché, *par Italo Calvino*
R11. Les Bienheureux de La Désolation, *par Hervé Bazin*
R12. Salut Galarneau !, *par Jacques Godbout*
R13. Cela s'appelle l'aurore, *par Emmanuel Roblès*
R14. Les Désarrois de l'élève Törless, *par Robert Musil*
R15. Pluie et Vent sur Télumée Miracle, *par Simone Schwarz-Bart*
R16. La Traque, *par Herbert Lieberman*
R17. L'Imprécateur, *par René-Victor Pilhes*
R18. Cent Ans de solitude, *par Gabriel Garcia Marquez*
R19. Moi d'abord, *par Katherine Pancol*
R20. Un jour, *par Maurice Genevoix*
R21. Un pas d'homme, *par Marie Susini*
R22. La Grimace, *par Heinrich Böll*
R23. L'Age du tendre, *par Marie Chaix*
R24. Une tempête, *par Aimé Césaire*
R25. Moustiques, *par William Faulkner*
R26. La Fantaisie du voyageur, *par François-Régis Bastide*
R27. Le Turbot, *par Günter Grass*
R28. Le Parc, *par Philippe Sollers*
R29. Ti Jean L'horizon, *par Simone Schwarz-Bart*
R30. Affaires étrangères, *par Jean-Marc Roberts*
R31. Nedjma, *par Kateb Yacine*
R32. Le Vertige, *par Evguénia Guinzbourg*
R33. La Motte rouge, *par Maurice Genevoix*
R34. Les Buddenbrook, *par Thomas Mann*
R35. Grand Reportage, *par Michèle Manceaux*
R36. Isaac le mystérieux (Le ver et le solitaire), *par Jerome Charyn*
R37. Le Passage, *par Jean Reverzy*
R38. Chesapeake, *par James A. Michener*
R39. Le Testament d'un poète juif assassiné, *par Élie Wiesel*

R40. Candido, *par Leonardo Sciascia*
R41. Le Voyage à Paimpol, *par Dorothée Letessier*
R42. L'Honneur perdu de Katharina Blum, *par Heinrich Böll*
R43. Le Pays sous l'écorce, *par Jacques Lacarrière*
R44. Le Monde selon Garp, *par John Irving*
R45. Les Trois Jours du cavalier, *par Nicole Ciravégna*
R46. Nécropolis, *par Herbert Lieberman*
R47. Fort Saganne, *par Louis Gardel*
R48. La Ligne 12, *par Raymond Jean*
R49. Les Années de chien, *par Günter Grass*
R50. La Réclusion solitaire, *par Tahar Ben Jelloun*
R51. Senilità, *par Italo Svevo*
R52. Trente Mille Jours, *par Maurice Genevoix*
R53. Cabinet Portrait, *par Jean-Luc Benoziglio*
R54. Saison violente, *par Emmanuel Roblès*
R55. Une comédie française, *par Érik Orsenna*
R56. Le Pain nu, *par Mohamed Choukri*
R57. Sarah et le Lieutenant français, *par John Fowles*
R58. Le Dernier Viking, *par Patrick Grainville*
R59. La Mort de la phalène, *par Virginia Woolf*
R60. L'Homme sans qualités, tome 1, *par Robert Musil*
R61. L'Homme sans qualités, tome 2, *par Robert Musil*
R62. L'Enfant de la mer de Chine, *par Didier Decoin*
R63. Le Professeur et la Sirène
par Giuseppe Tomasi di Lampedusa
R64. Le Grand Hiver, *par Ismaïl Kadaré*
R65. Le Cœur du voyage, *par Pierre Moustiers*
R66. Le Tunnel, *par Ernesto Sabato*
R67. Kamouraska, *par Anne Hébert*
R68. Machenka, *par Vladimir Nabokov*
R69. Le Fils du pauvre, *par Mouloud Feraoun*
R70. Cités à la dérive, *par Stratis Tsirkas*
R71. Place des Angoisses, *par Jean Reverzy*
R72. Le Dernier Chasseur, *par Charles Fox*
R73. Pourquoi pas Venise, *par Michèle Manceaux*
R74. Portrait de groupe avec dame, *par Heinrich Böll*
R75. Lunes de fiel, *par Pascal Bruckner*
R76. Le Canard de bois (Les Fils de la Liberté, I), *par Louis Caron*
R77. Jubilee, *par Margaret Walker*
R78. Le Médecin de Cordoue, *par Herbert Le Porrier*
R79. Givre et Sang, *par John Cowper Powys*
R80. La Barbare, *par Katherine Pancol*
R81. Si par une nuit d'hiver un voyageur, *par Italo Calvino*
R82. Gerardo Laïn, *par Michel del Castillo*

R83. Un amour infini, *par Scott Spencer*
R84. Une enquête au pays, *par Driss Chraïbi*
R85. Le Diable sans porte (*tome 1 :* Ah, mes aïeux !)
par Claude Duneton
R86. La Prière de l'absent, *par Tahar Ben Jelloun*
R87. Venise en hiver, *par Emmanuel Roblès*
R88. La Nuit du Décret, *par Michel del Castillo*
R89. Alejandra, *par Ernesto Sabato*
R90. Plein Soleil, *par Marie Susini*
R91. Les Enfants de fortune, *par Jean-Marc Roberts*
R92. Protection encombrante, *par Heinrich Böll*
R93. Lettre d'excuse, *par Raphaële Billetdoux*
R94. Le Voyage indiscret, *par Katherine Mansfield*
R95. La Noire, *par Jean Cayrol*
R96. L'Obsédé (L'Amateur), *par John Fowles*
R97. Siloé, *par Paul Gadenne*
R98. Portrait de l'artiste en jeune chien, *par Dylan Thomas*
R99. L'Autre, *par Julien Green*
R100. Histoires pragoises, *par Rainer Maria Rilke*
R101. Bélibaste, *par Henri Gougaud*
R102. Le Ciel de la Kolyma (Le Vertige, II)
par Evguénia Guinzbourg
R103. La Mulâtresse Solitude, *par Simone Schwarz-Bart*
R104. L'Homme du Nil, *par Stratis Tsirkas*
R105. La Rhubarbe, *par René-Victor Pilhes*
R106. Gibier de potence, *par Kurt Vonnegut*
R107. Memory Lane, *par Patrick Modiano*
dessins de Pierre Le Tan
R108. L'Affreux Pastis de la rue des Merles
par Carlo Emilio Gadda
R109. La Fontaine obscure, *par Raymond Jean*
R110. L'Hôtel New Hampshire, *par John Irving*
R111. Les Immémoriaux, *par Victor Segalen*
R112. Cœur de lièvre, *par John Updike*
R113. Le Temps d'un royaume, *par Rose Vincent*
R114. Poisson-chat, *par Jerome Charyn*
R115. Abraham de Brooklyn, *par Didier Decoin*
R116. Trois Femmes, *suivi de* Noces, *par Robert Musil*
R117. Les Enfants du sabbat, *par Anne Hébert*
R118. La Palmeraie, *par François-Régis Bastide*
R119. Maria Republica, *par Agustin Gomez-Arcos*
R120. La Joie, *par Georges Bernanos*
R121. Incognito, *par Petru Dumitriu*
R122. Les Forteresses noires, *par Patrick Grainville*

R123. L'Ange des ténèbres, *par Ernesto Sabato*
R124. La Fiera, *par Marie Susini*
R125. La Marche de Radetzky, *par Joseph Roth*
R126. Le vent souffle où il veut, *par Paul-André Lesort*
R127. Si j'étais vous..., *par Julien Green*
R128. Le Mendiant de Jérusalem, *par Élie Wiesel*
R129. Mortelle, *par Christopher Frank*
R130. La France m'épuise, *par Jean-Louis Curtis*
R131. Le Chevalier inexistant, *par Italo Calvino*
R132. Dialogues des Carmélites, *par Georges Bernanos*
R133. L'Étrusque, *par Mika Waltari*
R134. La Rencontre des hommes, *par Benigno Cacérès*
R135. Le Petit Monde de Don Camillo, *par Giovanni Guareschi*
R136. Le Masque de Dimitrios, *par Eric Ambler*
R137. L'Ami de Vincent, *par Jean-Marc Roberts*
R138. Un homme au singulier, *par Christopher Isherwood*
R139. La Maison du désir, *par France Huser*
R140. Moi et ma cheminée, *par Herman Melville*
R141. Les Fous de Bassan, *par Anne Hébert*
R142. Les Stigmates, *par Luc Estang*
R143. Le Chat et la Souris, *par Günter Grass*
R144. Loïca, *par Dorothée Letessier*
R145. Paradiso, *par José Lezama Lima*
R146. Passage de Milan, *par Michel Butor*
R147. Anonymus, *par Michèle Manceaux*
R148. La Femme du dimanche
par Carlo Fruttero et Franco Lucentini
R149. L'Amour monstre, *par Louis Pauwels*
R150. L'Arbre à soleils, *par Henri Gougaud*
R151. Traité du zen et de l'entretien des motocyclettes
par Robert M. Pirsig
R152. L'Enfant du cinquième Nord, *par Pierre Billon*
R153. N'envoyez plus de roses, *par Eric Ambler*
R154. Les Trois Vies de Babe Ozouf, *par Didier Decoin*
R155. Le Vert Paradis, *par André Brincourt*
R156. Varouna, *par Julien Green*
R157. L'Incendie de Los Angeles, *par Nathanaël West*
R158. Les Belles de Tunis, *par Nine Moati*
R159. Vertes Demeures, *par William Henry Hudson*
R160. Les Grandes Vacances, *par Francis Ambrière*
R161. Ceux de 14, *par Maurice Genevoix*
R162. Les Villes invisibles, *par Italo Calvino*
R163. L'Agent secret, *par Graham Greene*
R164. La Lézarde, *par Édouard Glissant*

R165. Le Grand Escroc, *par Herman Melville*
R166. Lettre à un ami perdu, *par Patrick Besson*
R167. Evaristo Carriego, *par Jorge Luis Borges*
R168. La Guitare, *par Michel del Castillo*
R169. Épitaphe pour un espion, *par Eric Ambler*
R170. Fin de saison au Palazzo Pedrotti, *par Frédéric Vitoux*
R171. Jeunes Années. Autobiographie 1, *par Julien Green*
R172. Jeunes Années. Autobiographie 2, *par Julien Green*
R173. Les Égarés, *par Frédérick Tristan*
R174. Une affaire de famille, *par Christian Giudicelli*
R175. Le Testament amoureux, *par Rezvani*
R176. C'était cela notre amour, *par Marie Susini*
R177. Souvenirs du triangle d'or, *par Alain Robbe-Grillet*
R178. Les Lauriers du lac de Constance, *par Marie Chaix*
R179. Plan B, *par Chester Himes*
R180. Le Sommeil agité, *par Jean-Marc Roberts*
R181. Roman Roi, *par Renaud Camus*
R182. Vingt Ans et des poussières, *par Didier van Cauwelaert*
R183. Le Château des destins croisés, *par Italo Calvino*
R184. Le Vent de la nuit, *par Michel del Castillo*
R185. Une curieuse solitude, *par Philippe Sollers*
R186. Les Trafiquants d'armes, *par Eric Ambler*
R187. Un printemps froid, *par Danièle Sallenave*
R188. Mickey l'Ange, *par Geneviève Dormann*
R189. Histoire de la mer, *par Jean Cayrol*
R190. Senso, *par Camillo Boito*
R191. Sous le soleil de Satan, *par Georges Bernanos*
R192. Niembsch ou l'immobilité, *par Peter Härtling*
R193. Prends garde à la douceur des choses
par Raphaële Billetdoux
R194. L'Agneau carnivore, *par Agustin Gomez-Arcos*
R195. L'Imposture, *par Georges Bernanos*
R196. Ararat, *par D. M. Thomas*
R197. La Croisière de l'angoisse, *par Eric Ambler*
R198. Léviathan, *par Julien Green*
R199. Sarnia, *par Gerald Basil Edwards*
R200. Le Colleur d'affiches, *par Michel del Castillo*
R201. Un mariage poids moyen, *par John Irving*
R202. John l'Enfer, *par Didier Decoin*
R203. Les Chambres de bois, *par Anne Hébert*
R204. Mémoires d'un jeune homme rangé
par Tristan Bernard
R205. Le Sourire du Chat, *par François Maspero*
R206. L'Inquisiteur, *par Henri Gougaud*

R207. La Nuit américaine, *par Christopher Frank*
R208. Jeunesse dans une ville normande
par Jacques-Pierre Amette
R209. Fantôme d'une puce, *par Michel Braudeau*
R210. L'Avenir radieux, *par Alexandre Zinoviev*
R211. Constance D., *par Christian Combaz*
R212. Épaves, *par Julien Green*
R213. La Leçon du maître, *par Henry James*
R214. Récit des temps perdus, *par Aris Fakinos*
R215. La Fosse aux chiens, *par John Cowper Powys*
R216. Les Portes de la forêt, *par Élie Wiesel*
R217. L'Affaire Deltchev, *par Eric Ambler*
R218. Les amandiers sont morts de leurs blessures
par Tahar Ben Jelloun
R219. L'Admiroir, *par Anny Duperey*
R220. Les Grands Cimetières sous la lune
par Georges Bernanos
R221. La Créature, *par Étienne Barilier*
R222. Un Anglais sous les tropiques
par William Boyd
R223. La Gloire de Dina, *par Michel del Castillo*
R224. Poisson d'amour, *par Didier van Cauwelaert*
R225. Les Yeux fermés, *par Marie Susini*
R226. Cobra, *par Severo Sarduy*
R227. Cavalerie rouge, *par Isaac Babel*
R228. Tous les soleils, *par Bertrand Visage*
R229. Pétersbourg, *par Andréi Biély*
R230. Récits d'un jeune médecin, *par Mikhaïl Boulgakov*
R231. La Maison des prophètes, *par Nicolas Saudray*
R232. Trois Heures du matin à New York, *par Herbert Lieberman*
R233. La Mère du printemps, *par Driss Chraïbi*
R234. Adrienne Mesurat, *par Julien Green*
R235. Jusqu'à la mort, *par Amos Oz*
R236. Les Envoûtés, *par Witold Gombrowicz*
R237. Frontière des ténèbres, *par Eric Ambler*
R238. Les Deux Sacrements, *par Heinrich Böll*
R239. Cherchant qui dévorer, *par Luc Estang*
R240. Le Tournant, histoire d'une vie, *par Klaus Mann*
R241. Aurélia, *par France Huser*
R242. Le Sixième Hiver, *par Douglas Orgill et John Gribbin*
R243. Naissance d'un spectre, *par Frédérick le Tristan*
R244. Lorelei, *par Maurice Genevoix*
R245. Le Bois de la nuit, *par Djuna Barnes*
R246. La Caverne céleste, *par Patrick Grainville*

R247. L'Alliance, tome 1, *par James A. Michener*
R248. L'Alliance, tome 2, *par James A. Michener*
R249. Juliette, chemin des Cerisiers, *par Marie Chaix*
R250. Le Baiser de la femme-araignée, *par Manuel Puig*
R251. Le Vésuve, *par Emmanuel Roblès*
R252. Comme neige au soleil, *par William Boyd*

Collection Points

SÉRIE POINT-VIRGULE

V1. Manuel de savoir-vivre à l'usage des rustres et des malpolis
par Pierre Desproges
V2. Petit Fictionnaire illustré
par Alain Finkielkraut
V3. Quand j'avais cinq ans, je m'ai tué
par Howard Buten
V4. Lettres à sa fille (1877-1902)
par Calamity Jane
V5. Café Panique, *par Roland Topor*
V6. Le Jardin de ciment, *par Ian McEwan*
V7. L'Age-déraison, *par Daniel Rondeau*
V8. Juliette a-t-elle un grand Cui ?
par Hélène Ray
V9. T'es pas mort ! *par Antonio Skarmeta*
V10. Petite Fille rouge avec un couteau
par Myrielle Marc
V11. Manuel à l'usage des enfants qui ont des parents difficiles
par Jeanne Van den Brouck
V12. Le A nouveau est arrivé
par Pierre Ziegelmeyer et Jean-Benoît Thirion
V13. Comment faire l'enfant (17 leçons pour ne pas grandir)
par Delia Ephron
V14. Zig-Zag, *par Alain Cahen*
V15. Plumards, de cheval, *par Groucho Marx*
V16. Bleu, je veux, *par Gisèle Bienne*
V17. Moi et les Autres, *par Albert Jacquard*
V18. Au vrai chic anatomique, *par Frédéric Pagès*
V19. Le Petit Pater illustré, *par Jacques Pater*
V20. Cherche souris pour garder chat, *par Hélène Ray*
V21. Un enfant dans la guerre, *par Saïd Ferdi*
V22. La Danse du coucou, *par Aidan Chambers*
V23. Mémoires d'un amant lamentable
par Groucho Marx
V24. Le Cœur sous le rouleau compresseur
par Howard Buten
V25. Le Cinéma américain des années cinquante
par Olivier-René Veillon
V26. Voilà un baiser, *par Anne Perry-Bouquet*
V27. Le Cycliste de San Cristobal, *par Antonio Skarmeta*

V28. Tchao l'enfance, craignos l'amour, *par Delia Ephron*
V29. Mémoires capitales, *par Groucho Marx*
V30. Dieu, Shakespeare et Moi, *par Woody Allen*
V31. Dictionnaire superflu à l'usage de l'élite et des bien nantis *par Pierre Desproges*
V32. Je t'aime, je te tue, *par Morgan Sportès*
V33. Rock-Vinyl (Pour une discothèque de rock) *par Jean-Marie Leduc*
V34. Le Manuel du parfait petit masochiste *par Dan Greenburg*
V35. L'Oiseau Canadèche, *par Jim Dodge*
V36. Des sous et des hommes, *par Jean-Marie Albertini*
V37. De l'univers à nous, *par Robert Clarke*
V38. Pour en finir une bonne fois pour toutes avec la culture *par Woody Allen*
V39. Le Gone du Chaâba, *par Azouz Begag*
V40. Le Cinéma américain des années trente *par Olivier-René Veillon*
V41. Mistral gagnant, chansons et dessins, *par Renaud*
V42. Les Aventures d'Adrian Mole, 15 ans, *par Sue Townsend*
V43. Le Palais des claques, *par Pascal Bruckner*

Collection Points

SÉRIE BIOGRAPHIE

B1. George Sand ou le scandale de la liberté
par Joseph Barry
B2. Mirabeau, *par Guy Chaussinand-Nogaret*
B3. George Orwell, une vie, *par Bernard Crick*
B4. Colette, libre et entravée, *par Michèle Sarde*
B5. Raymond Chandler, le gentleman de Californie
par Frank MacShane
B6. Lewis Carroll, une vie, *par Jean Gattégno*
B7. Van Gogh ou l'enterrement dans les blés
par Viviane Forrester
B8. Frère François, *par Julien Green*
B9. Blaise Cendrars, *par Miriam Cendrars*
B10. Albert Camus, *par Herbert R. Lottman*
B11. Gaston Gallimard, *par Pierre Assouline*
B12. Edgar Poe, *par Claude Delarue*

Collection Points

1. Histoire du surréalisme, *par Maurice Nadeau*
2. Une théorie scientifique de la culture *par Bronislaw Malinowski*
3. Malraux, Camus, Sartre, Bernanos, *par Emmanuel Mounier*
4. L'Homme unidimensionnel, *par Herbert Marcuse* (épuisé)
5. Écrits I, *par Jacques Lacan*
6. Le Phénomène humain, *par Pierre Teilhard de Chardin*
7. Les Cols blancs, *par C. Wright Mills*
8. Stendhal, Flaubert, *par Jean-Pierre Richard*
9. La Nature dé-naturée, *par Jean Dorst*
10. Mythologies, *par Roland Barthes*
11. Le Nouveau Théâtre américain, *par Franck Jotterand* (épuisé)
12. Morphologie du conte, *par Vladimir Propp*
13. L'Action sociale, *par Guy Rocher*
14. L'Organisation sociale, *par Guy Rocher*
15. Le Changement social, *par Guy Rocher*
16. Les Étapes de la croissance économique, *par W. W. Rostow*
17. Essais de linguistique générale, *par Roman Jakobson* (épuisé)
18. La Philosophie critique de l'histoire, *par Raymond Aron*
19. Essais de sociologie, *par Marcel Mauss*
20. La Part maudite, *par Georges Bataille* (épuisé)
21. Écrits II, *par Jacques Lacan*
22. Éros et Civilisation, *par Herbert Marcuse* (épuisé)
23. Histoire du roman français depuis 1918 *par Claude-Edmonde Magny*
24. L'Écriture et l'Expérience des limites, *par Philippe Sollers*
25. La Charte d'Athènes, *par Le Corbusier*
26. Peau noire, Masques blancs, *par Frantz Fanon*
27. Anthropologie, *par Edward Sapir*
28. Le Phénomène bureaucratique, *par Michel Crozier*
29. Vers une civilisation du loisir ?, *par Joffre Dumazedier*
30. Pour une bibliothèque scientifique, *par François Russo* (épuisé)
31. Lecture de Brecht, *par Bernard Dort*
32. Ville et Révolution, *par Anatole Kopp (épuisé)*
33. Mise en scène de Phèdre, *par Jean-Louis Barrault*
34. Les Stars, *par Edgar Morin*
35. Le Degré zéro de l'écriture, *suivi de* Nouveaux Essais critiques *par Roland Barthes*
36. Libérer l'avenir, *par Ivan Illich*
37. Structure et Fonction dans la société primitive *par A. R. Radcliffe-Brown*

38. Les Droits de l'écrivain, *par Alexandre Soljénitsyne*
39. Le Retour du tragique, *par Jean-Marie Domenach*
41. La Concurrence capitaliste
par Jean Cartell et Pierre-Yves Cossé (épuisé)
42. Mise en scène d'Othello, *par Constantin Stanislavski*
43. Le Hasard et la Nécessité, *par Jacques Monod*
44. Le Structuralisme en linguistique, *par Oswald Ducrot*
45. Le Structuralisme : Poétique, *par Tzvetan Todorov*
46. Le Structuralisme en anthropologie, *par Dan Sperber*
47. Le Structuralisme en psychanalyse, *par Moustafa Safouan*
48. Le Structuralisme : Philosophie, *par François Wahl*
49. Le Cas Dominique, *par Françoise Dolto*
51. Trois Essais sur le comportement animal et humain
par Konrad Lorenz
52. Le Droit à la ville, *suivi de* Espace et Politique
par Henri Lefebvre
53. Poèmes, *par Léopold Sédar Senghor*
54. Les Élégies de Duino, *suivi de* les Sonnets à Orphée
par Rainer Maria Rilke (édition bilingue)
55. Pour la sociologie, *par Alain Touraine*
56. Traité du caractère, *par Emmanuel Mounier*
57. L'Enfant, sa « maladie » et les autres, *par Maud Mannoni*
58. Langage et Connaissance, *par Adam Schaff*
59. Une saison au Congo, *par Aimé Césaire*
61. Psychanalyser, *par Serge Leclaire*
63. Mort de la famille, *par David Cooper*
64. A quoi sert la Bourse ?, *par Jean-Claude Leconte* (épuisé)
65. La Convivialité, *par Ivan Illich*
66. L'Idéologie structuraliste, *par Henri Lefebvre*
67. La Vérité des prix, *par Hubert Lévy-Lambert* (épuisé)
68. Pour Gramsci, *par Maria-Antonietta Macciocchi*
69. Psychanalyse et Pédiatrie, *par Françoise Dolto*
70. S/Z, *par Roland Barthes*
71. Poésie et Profondeur, *par Jean-Pierre Richard*
72. Le Sauvage et l'Ordinateur, *par Jean-Marie Domenach*
73. Introduction à la littérature fantastique
par Tzvetan Todorov
74. Figures I, *par Gérard Genette*
75. Dix Grandes Notions de la sociologie, *par Jean Cazeneuve*
76. Mary Barnes, un voyage à travers la folie
par Mary Barnes et Joseph Berke
77. L'Homme et la Mort, *par Edgar Morin*
78. Poétique du récit, *par Roland Barthes, Wayne Booth*
Philippe Hamon et Wolfgang Kayser

79. Les Libérateurs de l'amour, *par Alexandrian*
80. Le Macroscope, *par Joël de Rosnay*
81. Délivrance, *par Maurice Clavel et Philippe Sollers*
82. Système de la peinture, *par Marcelin Pleynet*
83. Pour comprendre les média, *par M. McLuhan*
84. L'Invasion pharmaceutique
par Jean-Pierre Dupuy et Serge Karsenty
85. Huit Questions de poétique, *par Roman Jakobson*
86. Lectures du désir, *par Raymond Jean*
87. Le Traître, *par André Gorz*
88. Psychiatrie et Anti-Psychiatrie, *par David Cooper*
89. La Dimension cachée, *par Edward T. Hall*
90. Les Vivants et la Mort, *par Jean Ziegler*
91. L'Unité de l'homme, *par le Centre Royaumont*
1. Le primate et l'homme
par E. Morin et M. Piattelli-Palmarini
92. L'Unité de l'homme, *par le Centre Royaumont*
2. Le cerveau humain
par E. Morin et M. Piattelli-Palmarini
93. L'Unité de l'homme, *par le Centre Royaumont*
3. Pour une anthropologie fondamentale
par E. Morin et M. Piattelli-Palmarini
94. Pensées, *par Blaise Pascal*
95. L'Exil intérieur, *par Roland Jaccard*
96. Semeiotikè, recherches pour une sémanalyse
par Julia Kristeva
97. Sur Racine, *par Roland Barthes*
98. Structures syntaxiques, *par Noam Chomsky*
99. Le Psychiatre, son « fou » et la psychanalyse
par Maud Mannoni
100. L'Écriture et la Différence, *par Jacques Derrida*
101. Le Pouvoir africain, *par Jean Ziegler*
102. Une logique de la communication
par P. Watzlawick, J. Helmick Beavin, Don D. Jackson
103. Sémantique de la poésie, *T. Todorov, W. Empson*
J. Cohen, G. Hartman et F. Rigolot
104. De la France, *par Maria-Antonietta Macciocchi*
105. Small is beautiful, *par E. F. Schumacher*
106. Figures II, *par Gérard Genette*
107. L'Œuvre ouverte, *par Umberto Eco*
108. L'Urbanisme, *par Françoise Choay*
109. Le Paradigme perdu, *par Edgar Morin*
110. Dictionnaire encyclopédique des sciences du langage
par Oswald Ducrot et Tzvetan Todorov

111. L'Évangile au risque de la psychanalyse (tome 1) *par Françoise Dolto*
112. Un enfant dans l'asile, *par Jean Sandretto*
113. Recherche de Proust, *ouvrage collectif*
114. La Question homosexuelle, *par Marc Oraison*
115. De la psychose paranoïaque dans ses rapports avec la personnalité, *par Jacques Lacan*
116. Sade, Fourier, Loyola, *par Roland Barthes*
117. Une société sans école, *par Ivan Illich*
118. Mauvaises Pensées d'un travailleur social *par Jean Marie Geng*
120. Poétique de la prose, *par Tzvetan Todorov*
121. Théorie d'ensemble, *par Tel Quel*
122. Némésis médicale, *par Ivan Illich*
123. La Méthode
1. La Nature de la Nature, *par Edgar Morin*
124. Le Désir et la Perversion, *ouvrage collectif*
125. Le Langage, cet inconnu, *par Julia Kristeva*
126. On tue un enfant, *par Serge Leclaire*
127. Essais critiques, *par Roland Barthes*
128. Le Je-ne-sais-quoi et le Presque-rien
1. La manière et l'occasion, *par Vladimir Jankélévitch*
129. L'Analyse structurale du récit, Communications 8 *ouvrage collectif*
130. Changements, Paradoxes et Psychothérapie *par P. Watzlawick, J. Weakland et R. Fisch*
131. Onze Études sur la poésie moderne *par Jean-Pierre Richard*
132. L'Enfant arriéré et sa mère, *par Maud Mannoni*
133. La Prairie perdue (Le roman américain) *par Jacques Cabau*
134. Le Je-ne-sais-quoi et le Presque-rien
2. La méconnaissance, *par Vladimir Jankélévitch*
135. Le Plaisir du texte, *par Roland Barthes*
136. La Nouvelle Communication, *ouvrage collectif*
137. Le Vif du sujet, *par Edgar Morin*
138. Théories du langage, théories de l'apprentissage *par le Centre Royaumont*
139. Baudelaire, la Femme et Dieu, *par Pierre Emmanuel*
140. Autisme et Psychose de l'enfant, *par Frances Tustin*
141. Le Harem et les Cousins, *par Germaine Tillion*
142. Littérature et Réalité, *ouvrage collectif*
143. La Rumeur d'Orléans, *par Edgar Morin*
144. Partage des femmes, *par Eugénie Lemoine-Luccioni*

145. L'Évangile au risque de la psychanalyse (tome 2)
par Françoise Dolto
146. Rhétorique générale, *par le Groupe μ*
147. Système de la Mode, *par Roland Barthes*
148. Démasquer le réel, *par Serge Leclaire*
149. Le Juif imaginaire, *par Alain Finkielkraut*
150. Travail de Flaubert, *ouvrage collectif*
151. Journal de Californie, *par Edgar Morin*
152. Pouvoirs de l'horreur, *par Julia Kristeva*
153. Introduction à la philosophie de l'histoire de Hegel
par Jean Hyppolite
154. La Foi au risque de la psychanalyse
par Françoise Dolto et Gérard Sévérin
155. Un lieu pour vivre, *par Maud Mannoni*
156. Scandale de la vérité, *suivi de*
Nous autres, Français, *par Georges Bernanos*
157. Enquête sur les idées contemporaines
par Jean-Marie Domenach
158. L'Affaire Jésus, *par Henri Guillemin*
159. Paroles d'étranger, *par Élie Wiesel*
160. Le Langage silencieux, *par Edward T. Hall*
161. La Rive gauche, *par Herbert R. Lottman*
162. La Réalité de la réalité, *par Paul Watzlawick*
163. Les Chemins de la vie, *par Joël de Rosnay*
164. Dandies, *par Roger Kempf*
165. Histoire personnelle de la France, *par François George*
166. La Puissance et la Fragilité, *par Jean Hamburger*
167. Le Traité du sablier, *par Ernst Jünger*
168. Pensée de Rousseau, *ouvrage collectif*
169. La Violence du calme, *par Viviane Forrester*
170. Pour sortir du XXe siècle, *par Edgar Morin*
171. La Communication, Hermès I
par Michel Serres
172. Sexualités occidentales, Communications 35
ouvrage collectif
173. Lettre aux Anglais, *par Georges Bernanos*
174. La Révolution du langage poétique
par Julia Kristeva
175. La Méthode
2. La Vie de la Vie, *par Edgar Morin*
176. Théories du symbole, *par Tzvetan Todorov*
177. Mémoires d'un névropathe
par Daniel Paul Schreber
178. Les Indes, *par Édouard Glissant*

179. Clefs pour l'Imaginaire ou l'Autre Scène
par Octave Mannoni
180. La Sociologie des organisations, *par Philippe Bernoux*
181. Théorie des genres, *ouvrage collectif*
182. Le Je-ne-sais-quoi et le Presque-rien
3. La volonté de vouloir, *par Vladimir Jankélévitch*
183. Traité du rebelle, *par Ernst Jünger*
184. Un homme en trop, *par Claude Lefort*

Collection Points

SÉRIE ACTUELS

A1. Lettres de prison, *par Gabrielle Russier*
A2. J'étais un drogué, *par Guy Champagne*
A3. Les Dossiers noirs de la police française, *par Denis Langlois*
A4. Do it, *par Jerry Rubin*
A5. Les Industriels de la fraude fiscale, *par Jean Cosson*
A6. Entretiens avec Allende, *par Régis Debray* (épuisé)
A7. De la Chine, *par Maria-Antonietta Macciocchi*
A8. Après la drogue, *par Guy Champagne*
A9. Les Grandes Manœuvres de l'opium
par Catherine Lamour et Michel Lamberti
A10. Les Dossiers noirs de la justice française, *par Denis Langlois*
A11. Le Dossier confidentiel de l'euthanasie
par Igor Barrère et Étienne Lalou
A12. Discours américains, *par Alexandre Soljénitsyne*
A13. Les Exclus, *par René Lenoir*
A14. Souvenirs obscurs d'un Juif polonais né en France
par Pierre Goldman
A15. Le Mandarin aux pieds nus, *par Alexandre Minkowski*
A16. Une Suisse au-dessus de tout soupçon, *par Jean Ziegler*
A17. La Fabrication des mâles
par Georges Falconnet et Nadine Lefaucheur
A18. Rock babies, *par Raoul Hoffmann et Jean-Marie Leduc*
A19. La nostalgie n'est plus ce qu'elle était, *par Simone Signoret*
A20. L'Allergie au travail, *par Jean Rousselet*
A21. Deuxième Retour de Chine
par Claudie et Jacques Broyelle et Évelyne Tschirhart
A22. Je suis comme une truie qui doute, *par Claude Duneton*
A23. Travailler deux heures par jour, *par Adret*
A24. Le rugby, c'est un monde, *par Jean Lacouture*
A25. La Plus Haute des solitudes, *par Tahar Ben Jelloun*
A26. Le Nouveau Désordre amoureux
par Pascal Bruckner et Alain Finkielkraut
A27. Voyage inachevé, *par Yehudi Menuhin*
A28. Le communisme est-il soluble dans l'alcool ?
par Antoine et Philippe Meyer
A29. Sciences de la vie et Société
par François Gros, François Jacob et Pierre Royer
A30. Anti-manuel de français
par Claude Duneton et Jean-Pierre Pagliano

A31. Cet enfant qui se drogue, c'est le mien, *par Jacques Guillon*
A32. Les Femmes, la Pornographie, l'Érotisme
par Marie-Françoise Hans et Gilles Lapouge
A33. Parole d'homme, *par Roger Garaudy*
A34. Nouveau Guide des médicaments, *par le Dr Henri Pradal*
A35. Rue du Prolétaire rouge, *par Nina et Jean Kéhayan*
A36. Main basse sur l'Afrique, *par Jean Ziegler*
A37. Un voyage vers l'Asie, *par Jean-Claude Guillebaud*
A38. Appel aux vivants, *par Roger Garaudy*
A39. Quand vient le souvenir, *par Saul Friedländer*
A40. La Marijuana, *par Solomon H. Snyder*
A41. Un lit à soi, *par Évelyne Le Garrec*
A42. Le lendemain, elle était souriante...
par Simone Signoret
A43. La Volonté de guérir, *par Norman Cousins*
A44. Les Nouvelles Sectes, *par Alain Woodrow*
A45. Cent Ans de chanson française
par Chantal Brunschwig, Louis-Jean Calvet et Jean-Claude Klein
A46. La Malbouffe, *par Stella et Joël de Rosnay*
A47. Médecin de la liberté, *par Paul Milliez*
A48. Un Juif pas très catholique, *par Alexandre Minkowski*
A49. Un voyage en Océanie, *par Jean-Claude Guillebaud*
A50. Au coin de la rue, l'aventure
par Pascal Bruckner et Alain Finkielkraut
A51. John Reed, *par Robert Rosenstone*
A52. Le Tabouret de Piotr, *par Jean Kéhayan*
A53. Le temps qui tue, le temps qui guérit
par le Dr Fernand Attali
A54. La Lumière médicale, *par Norbert Bensaïd*
A55. Californie (Le Nouvel Age)
par Sylvie Crossman et Edouard Fenwick
A56. La Politique du mâle, *par Kate Millett*
A57. Contraception, Grossesse, IVG
par Pierrette Bello, Dr Catherine Dolto, Dr Aline Schiffmann
A58. Marthe, *anonyme*
A59. Pour un nouveau-né sans risque
par Alexandre Minkowski
A60. La vie, tu parles, *par Libération*
A61. Les Bons Vins et les Autres
par Pierre-Marie Doutrelant
A62. Comment peut-on être breton ?
par Morvan Lebesque
A63. Les Français, *par Theodore Zeldin*
A64. La Naissance d'une famille, *par T. Berry Brazelton*